푸른 용과 강과 착한 물고기들의 노래
곽재구 시집

문학동네시인선 117 곽재구

푸른 용과 강과 착한 물고기들의 노래

시인의 말

강은 흐르고
바람은 불고
새들은 노래한다
인간인 나는 강을 따라 걷는다
지난 10년 내가 제일 잘한 일이다
시여, 푸른 용과 함께 날자

2019년 1월 순천의 샛강 동천에서
곽재구

차례

2부 어린 물고기들과 커피 마시기

4부 눈사람은 눈사람을 사랑하였네

1부

당신이 있어 세상이 참 좋았다

길

무신론자의 종교
가을의 꽃향기
종탑의 아기 종에게 하늘의 음계를 일러주는 초승달
호숫가의 나무의자
안나 그리고리예브나 도스토옙스카야*

당신이 있어 세상이 참 좋았다

* 속기사. 열아홉 살에 도박 빚에 쫓긴 도스토옙스키의 작품을 속기해주며 만나 스무 살에 결혼했다. 한 차례 이혼 경력이 있는 스물다섯 살 연상의 신랑은 결혼식장, 신부의 가족 앞에서 뇌전증 발작을 일으켰다. 상트페테르부르크의 신혼집 월세가 50루블이었는데 빚은 2만 루블이었다. 아이 넷을 낳아 키우며 자신이 직접 도스토옙스키의 책을 출간해 빚을 다 갚았다. 『카라마조프가의 형제들』을 비롯한 만년의 작품들은 이이가 마련한 경제적 안정 속에서 이루어졌다. 서른다섯 살에 혼자가 되었는데 왜 재혼하지 않느냐 물으면 내가 도스토옙스키와 살았는데 다른 누구와 또 살 것인가?라고 말하였다. 2017년 가을 상트페테르부르크에서 처음 그의 사진을 보았는데 마음이 따뜻해졌다.

달빛

누비 홑이불 배에 덮었다
까끌까끌하고 시원한
가을 물살 같은
징검다리 곁 물고기 몇 마리가 이리 와 함께 춤추자 말
할 것 같은
그런 이쁜 꽃은 지금껏 보지 못했네
누비 홑이불 밖으로
두 발을 가만히 빼본 것은 생의 우연한 일
누군가 가만히 내 발바닥에
고운 자기 발바닥을 대보는 이가 있었다

하늘

아침이면
언덕을 올라가는
허름한 집들의 창에 바다를 새기지

사스레피 꽃에서 짜낸 자주색 물감으로
당신의 시가 참 좋아요, 라고 쓰지

낮엔 구름의 배낭여행을 따라가지
버스나 기차를 타지 않으니 돈 걱정 않아도 돼
한 번도 비행기를 타본 일이 없는 이에게
1등석을 제공하지
구름 소파에 누워
낭도에서 만든 막걸리를 마시고
보이저 1호가 전송한 창백한 푸른 점을 볼 수 있지

작은 깡통 하나가 태양계를 벗어나 흐르다가
뒤돌아 자신이 떠난 곳을 바라보는 마음

하늘을 보면
사람을 사랑할 수 있을 것 같아
샬롬 달콤하게 말하며
당신의 눈망울 속에 웃는 나를 새기고 싶어

봄날의 은하수

라다크의 산골 마을을 걷고 있을 때
마른 청양나무들 한 줄로 서 있는데
그중 한 나무에 새 둥지가 있었다
외로웠던 나는 나무 아래 신발을 벗고 앉았는데
둥지에서 아기 새 울음소리가 들렸다
어미 새가 나무 아래로 내려와
내 주위를 한 바퀴 돌더니 둥지로 돌아갔다
한 달 뒤 내가 마을을 찾은 것은 그 새 때문이었는데
청양나무에 새로 돋은 봄 이파리들이 찬란하여
어느 나무에 새가 둥지를 쳤는지 알 수 없었다

라벤더 꽃향기 은은한 민박집에서
밤하늘을 보고 있는데
하늘에는 별이 많았고
동주 생각이 났고
초록색 날개의 새들이
하늘의 등불들을 깜박이게 하는 것을 보았다

버드나무

그제 쓴 시를
어제 지웠지요
어제 쓴 시는
오늘 지워요
오늘 쓴 시는
내일 지우겠지요
버드나무는 일 년에 한번 꽃 피워요
아무도 모르게 피었다가 아무도 모르게 지워요
나도 고요히 꽃 필 때 올까요?
아무도 모르게 피었다가
스스로 지며 좋아서 혼자 웃겠지요

사이
—상트페테르부르크의 밤*

당신이 사랑한 사람과
당신이 미워한 사람 사이
눈이 나린다

눈은 마을의 세모난
지붕들과 함께 하늘로 오르고
데카브리스트의 후예인 어린 딸이
등불 아래서 농부인 아비와 함께
소냐의 이야기를 읽는다

눈은 밤새 쌓이고

보라색과 연두색과 분홍색 등을 켠 마을의 집들이
눈보라 속 하늘로 날아오르는 동안
멈춰 설 역 이름을 잊어버린
밤열차가 마을을 따라 하늘로 오른다

당신이 사랑한 사람과
당신이 미워한 사람 사이
자작나무는 자란다

당신이
당신이 아닌

그 모든 것을 사랑할 시간이
지금 하얀 천사의 옷을 입고
인간의 마을로 걸어온다

* 눈 덮힌 상트페테르부르크에서 눈사람을 보았다. 눈사람은 큰 눈덩이 위에 작은 눈덩이를 올려 만드는데 이곳 사람들은 세 개의 눈덩이로 눈사람을 만들었다. 이유를 물으니 동그라미가 두 개일 때보다 세 개일 때가 위태롭지만 그 셋이 모여야 진짜 평화가 온다는 말이 돌아왔다. 동그라미 셋이 나와 너, 우리를 상징하다니. 밤새 내리는 눈이 자작나무 등피의 거친 상채기들을 따뜻히 안아주었다.

배낭여행자

배낭여행자는
하얀 린넨 치마에
자주색 양말을 신었어

면소가 있는 마을에는
교회당과 간이역과 중국 음식점이 있지
사흘 만에 자장면 한 그릇을 먹었어
창밖으로 하루종일 시를 쓰는 시냇물이 있고
그 시의 비평자인 밀화부리도 있지

모든 시의 언어는 사랑과
자유의 혈육을 지녔다고 생각해
초원에는 길이 없으니
흰색의 꽃들이 수북수북 피어난 곳을 따라 걷지

초원이 끝나면 사막이야
모래 폭풍과 신기루의 나라를 사랑했지
조국과 민족 수호천사 물대포라는 단어도 사랑했어
물대포를 맞을 때면 우리 동네 영화관을 생각해
그곳의 얼음 커피와 팝콘 맛은 최고야

비 내리는 가도에서
확성기와 깃발을 들고 행진하는 노인들을 보았어

깃발에 새겨진 50개의 별이 무슨 의미인 줄 알아?
노동과 억압 모멸의 별들이 확성기에서 쏟아지는 동안
부끄러움은 지상 위에 무지개 하나를 드리우지

눈물을 사랑할 수 없지만
생을 사랑하지 않을 자신은 없어
배낭여행자는 풀밭에 앉아
하얀 신발의 자주색 끈을 묶지

초원의 노래

눈보라가 몰아치는 깊은 밤이었다
집은 심장 제일 가까운 곳에 노란 불 하나를 켰다
눈보라가 창문을 흔들고 지붕을 덮었다

봄이 되자 초원은 꽃으로 뒤덮이고
집의 윤곽이 지평선 위에 드러났다
지붕은 벗겨지고 창문은 날아갔지만 네 벽은 남았다

하얀 말 한 마리가 집 앞에 이르렀다
말이 문 안으로 들어섰을 때
노란색의 새 한 마리가 맞은편 창문으로 날아 들어왔다
그들이 어디에서 왔는지
어떤 횡액을 뚫고 왔는지 알 수 없지만

새는 노래하고 말은 초원을 달렸다

별똥별들이 소나기처럼 쏟아지는 가을밤
푸른 용 한 마리가 가슴에 집을 품고 하늘로 올랐다
새로운 여행이 시작되고 있어
새와 말은 서로의 눈 속에 들어 있는 서로를 보았다
어디로 가는지 알 수 없어도 새와 말은 행복했다

은하수 속을 꿈틀대며 날아가는 푸른 기차가 있었다

지평선 위 새로 지은 인간의 집들에서
노란색의 불빛이 스미어나왔다
언젠가 푸른색의 비늘을 번쩍이며 하늘을 날아오를
아기 용들이 부르는 노래가 초원을 스쳐지나갔다

섬

섬이
물위에 떠 있는 것은
함께 지낸 이가 물 안에 누워 있기 때문이다

북국으로 날아가는 새들이
함께 가지 못하는 살붙이 형제들을
그리워하며
꺼억꺽 목놓아 울
둥지 하나를 놓아주기 위함이다

달이 환한 밤
자신의 다리뼈로 만든 피리를 불며 오는 사내에게
당신이 찾는 뼈들이
여기 누워 있어요
이정표가 되어주기 위함이다

별이 하늘에서 반짝이는 것은
지상에 얼마나 많은 서러운 섬이
홀로 고요히 노래를 부르는지 알기 때문이다

육신은 때로
얼마나 가슴 저미는 환영인지
스스로의 눈물 안에 소금을 뿌리기 때문이다

소금쟁이

내가 소 치는
아기 목동이었을 때
시냇가 버드나무 아래
소금쟁이 춤을 하염없이 바라보다 해가 지고
어두컴컴한 길을 걸어 집으로 돌아왔죠
먼 친척 고모는 오지 않는 소 걱정을 하다
배고픈 내게 저녁을 주지 않았죠
다음날 다시 시냇가에 소를 묶고
소금쟁이 춤을 하염없이
바라보다 해가 졌죠
소금쟁이 춤을 닮은
춤추는 사람이 되고 싶었죠

부전나비

길이 있기에
따라갔지요

당신은 누구인가요?
아침 기도는 뭐라 했나요?

마을에는 싱싱한 꽃밭이 있어요
영혼을 믿으세요?

소년이 나를 따라와요
우린 팔랑팔랑 달리며 날아요

함께 달린다는 말을 아세요?

소년이 두 손가락을 오므려 나를 잡아요
사실은 내가 소년을 붙들고 싶었어요

소년이 조심조심 걸어요
꽃밭 뒤에 놀이터가 있고
시소 위에 소녀가 있어요
소년이 소녀에게 나를 건네줘요

저녁노을이 아름다워요

점박이 무당벌레 한 마리가 산을 넘어와요

소녀가 후 입을 모아 나를 놓아줘요
나는 소녀의 갈래머리 위에 앉아요

작은 오솔길이 있군요

좋아요 길이 있으니
당신에게 물을 수 있어요

당신은 어디로 가나요?
우린 언제 만났던가요?

색색의 무당벌레들이 반짝반짝 산 넘어와요

손

내게 손 하나 있으니
당신에게 감자를 구워드릴 수 있군요
당신에게 시를 써줄 수 있고
종이배를 접어줄 수 있어요
복숭아꽃 가지 사이
밀화부리가 노래할 때
이리 와 앉으렴 내밀 수도 있지요

내게 손 하나 있으니
촛불 하나를 들고
당신과 함께
좋아하는 노래를 부를 수 있어요

국경 역에는 인형을 파는 가게가 있지요
인형 속에서 또 인형이 나오는 인형이에요
내게 손 하나 있어요
하나이지만 둘이에요
둘이지만 셋도 열도 될 수 있어요

눈보라 치는 날
당신이 내게 손을 줘요
얼음 손이 금세 따뜻해져요
쿨적이는 내 코를 잡고 콩 하고 말하네요

좋아요 이 손이 좋아요

손을 잡고 모두 함께 국경 역으로 가요
세계의 기차역에서
한 손을 내밀면 또다른 손이 나오는
신비한 인형 가게를 열어요
당신에게 손을 줘요
손이 따뜻해지면
성에 낀 영혼의 거울도 따뜻해져요

생선 등뼈

내가 너의 꿈이라면
아침 식탁 위에 점잖게 앉은
너의 접시 위에
크고 굳건한 생선 등뼈 하나 놓아둘 텐데

너는 놀라며
생선살이 다 어디로 갔지?
호들갑을 떨며 출근을 하겠지
새장의 앵무새가
생선살이 다 어디로 갔지?
생선살이 다 어디로 갔지?
하루종일 노래하겠지

내가 너의 꿈이라면
네가 일하는 회사 서류 파일 안에
굳세고 막강한 생선 등뼈 하나 넣어둘 텐데
이게 웬 생선뼈야?
100만 불짜리 계약 서류가 어디로 갔지?
너는 울면서 사무실 안을 다 뒤지겠지

해가 지고
내가 너의 꿈이라면
퇴근길 승용차의 핸들 대신

가시 많고 냄새 독한 생선 등뼈 하나 꽂아둘 텐데
너는 집에 가지 못하고
울면서 생선 등뼈를 보겠지

터벅터벅 걸어 집에 돌아와
앵무새가 뱉는 소리를 듣겠지
생선살이 다 어디로 갔지?
생선살이 다 어디로 갔지?

살은 먹고
뼈만 남았으니
이제 됐어
라고 말하는 누군가의 목소리가 들리겠지
세상의 생선뼈들이 어디에서 태어났는지
혼자 곰곰 생각하게 되겠지

구두

낡은 소가죽 구두
발목까지 푹 감싸주는 구두
20년 동안 함께 걸으며
밑창을 열 번 넘게 바꾼 구두

도시가 아름다운 건
그 도시가 지닌 발냄새 때문이야
힘들 때마다 내게 속삭여주던 구두
그 어떤 용도 신어본 적 없는 구두

카잔차키스와 타고르의 고향에 함께 갔지 톱카프 궁전에
서 모세의 지팡이를 보았고 천산산맥 티엔츠 오르던 산언덕
에서 동충하초 캐던 사람들과 밀크차 마셨지 볼쇼이 대극
장에서 〈백조의 호수〉를 보았고 MOMA에서 마티스의 〈춤〉
과 앤드류 와이어스의 〈크리스티나의 세계〉를 만났지 수즈
달과 블라디미르에서 착한 강을 따라 걸었고 우즈또베에서
만난 고려인들과 두부된장국을 먹었지 팔각 기와지붕에 하
얀 회칠한 벽 채송화와 분꽃을 심으며 〈아리랑〉을 노래하던
사람들 봄 여름 가을 겨울 히말라야 트레킹을 하는 동안 산
거머리에 빨리면서도 화 한번 내지 않았지 알든 굼에서 하
얀 종이배를 띄워 전설을 위로했고 자이살메르에서 내 이름
Jaigu가 산스크리트어로 똥의 승리란 걸 알고 행복했지 영
하 20도 이도백하의 난방 없는 여인숙에서 함께 고드름이

되었고 알렉산드리아에서 고대 세계의 등대를 보았지

　단 한 번 사랑한다 말한 적 없으나
　바람 불고 꽃 피면

　일어서
　걸을 시간이야
　사랑해

　내 등을 토닥거린 구두
　이국의 도시 아침 빵 가게의 빵 냄새보다 포근한 구두
　어느 날 푸른색의 용이 내게 신발 한번 바꿔 신자고 말하
던 구두
　신발장 안 설산처럼 고요히 빛나던 구두

티베탄콜로니*

여덟 살에서 열 살쯤 보이는
두 아이가 여관방 문 앞에 서 있다
한 아이는 빗자루를 들고
더 어린 한 아이는 화장실 변기를 청소하는
푸른색의 세정액을 들고 있다

말이 통하지 않으니
아이의 이름이 무엇인지
고향이 어디인지
아주 사소한 것도 물을 수 없다

어젯밤 나는 빈대에게 왼쪽 발을 14군데나 물렸다
아침에 물린 자국을 하나둘 세어나갈 때
가슴 한쪽이 화안해지는 느낌이 있었다

어젯밤 빈대에게 물린 자국이야
나를 보며 서 있는 두 아이에게 왼발을 보여주었을 때
한 아이가 하얗게 웃으며 팔뚝을 걷어 보여준다
그곳에 빈대 자국이 자운영 꽃처럼 수북수북 피어 있다

우리 모두는 어디에선가 다 물리며 산다
고향이 어디인지
부모의 이름이 무엇인지 서로 모르지만

떠오르는 아침 햇살 속에서
배고픔과 악취가 사라져가는 그리움 속에서
물리며 빨리며 뒤엉켜 울며
자신이 누구인지 잊혀간다

* 뉴델리 외곽 티베트 사람들이 모여 사는 공동체.

고교 1학년

도서관에서
『하늘과 바람과 별과 시』
초판본을 훔쳤지*

밤새 경찰들이
내가 살던 판잣집을 포위하고
도적은 나와라
도적은 나와라
마이크로 부르는 악몽에 시달렸지

다음날 아침
도서관 서가에 가만히 동주를 세워두고
다음날도
다음날도
그 앞에 서서 보았네

보다가
보다가
당신만큼 쓸쓸하고 순정한 시를 쓰리라
혼자 다짐했네

* 내가 다닌 고등학교의 도서관은 개가식이었다. 어느 날 책꽂이 뒤에서 먼지와 쥐똥 범벅인 책 한 권을 보았다. 윤동주의『하늘과 바람과 별과 시』초판본이었다. 교복 안에 시집을 숨겨 도서관을 나오는데 천둥과 벼락이 함께 몰아치는 느낌이었다. 밤새 경찰에 쫓기는 꿈을 꾸다 다음날 시집을 책꽂이 맨 아랫줄 모퉁이에 꽂아두고 나오니 마음이 편안해졌다. 그뒤로 사흘 동안 시집이 제자리에 꽂혀 있는 걸 보았고 나흘 뒤부터 시집은 보이지 않았다. 나와 동주와의 짧은 인연이라 할 것이다.

환영지(寰瀛誌)*

내가 처음 사다리에 오른 것은
여덟 살 적의 일이다

낡은 사다리를 벽에 걸치고
지붕 아래 다락에 들어갔는데
비둘기가 낳은 세 개의 알록달록한 알이 있었고
벽 귀퉁이에 찢기고 낡은 고서 한 권이 있었다
누렇게 빛이 바랜 고서에는 그림이 그려진 쪽도 있었는데
나는 그것이 세계지도 그림이라는 것을 한눈에 알았다

그날 이후 나는 비둘기가 걱정되어
다락에 올라가는 것을 망설이곤 했는데
어느 날 비둘기가 다락에서 나오는 걸 보고 사다리에 올
랐다
놀랍게도 다른 비둘기가 알을 품고 있었다
나도 비둘기도 놀랐지만 우린 곧 차분해졌다
둥지는 다락 맨 끝 귀퉁이에 있었고
이유를 모르지만 비둘기는 나를 두려워하지 않았고
나 또한 비둘기를 두려워하지 않았다
오후 내내 세계지도 그림을 보다가
해가 질 무렵 다락에서 내려왔다

하루종일 어디서 뭘 했니?

어머니가 물었을 때
머릿속에 푸른색의 용 한 마리가 세계지도 위를 날아갔다
비둘기도 고요히 푸드덕거렸다

세월이 흘러
인사동의 관훈 고서방에서 고서 한 권을 보았는데
놀랍게도 어릴 적 세계지도가 새겨져 있었다
밤열차를 타고 고향으로 돌아오는데
문득 그 시절의 푸른 용과
비둘기의 안부가 그리워졌다

* 1822년 위백규가 찬집한 지도서. 서양 제국 지도와 중국 일본 지
도, 조선 팔도 지도가 들어 있다.

2부

어린 물고기들과 커피 마시기

징검다리*

평생 강물의 노래를 들었으나
자신의 노래를 부른 적 없는 이가 눈보라를 맞는다
피아노의 검은 건반이 하얀 눈보라 속에 묻힌다

* 강에 두 개의 징검다리가 있다. 첫 징검다리의 디딤돌은 34개, 두
번째 징검다리의 디딤돌은 43개다. 디딤돌은 1~2미터 정도의 길이
와 폭을 지녔다. 무싯날 디딤돌은 강물보다 20센티미터쯤 높다. 카페
A 앞에 강으로 내려가는 계단이 있다. 아메리카노 한 잔을 받아 들고
계단을 내려간다. 강에는 철따라 꽃들이 핀다. 망초와 메꽃, 민들레
꽃, 황하코스모스 들이 군락으로 핀다. 첫 징검다리에 이르러 부평들
과 고마니떼, 물봉선 꽃들에게 인사하고 새로 태어난 물고기들에게
도 인사한다. 비 오는 여름날 검정 안경을 쓴 노인이 지팡이 끝으로
징검다리를 두드리며 강을 건너는 것을 보았다. 그는 끝까지 무사했
다. 가을에는 징검다리 앞의 풀숲에 길고양이가 새끼 세 마리를 낳았
다. 어미는 보이지 않고 새끼들은 풀숲 밖으로 나와 징검다리를 건너
는 사람들을 구경했다. 고양이가 사는 풀숲 입구에 물과 사료를 매일
가져다주는 사람이 있었다. 34개의 디딤돌을 건너는 시간은 일정치

않다. 물 아래 큰 물고기들이 보일 때도 있고 새로 온 물새 식구들을 헤아릴 때도 있고 동네 아낙들이 나와 다슬기를 잡을 때도 있다. 아기 물고기들은 호기심이 많은데 내가 커피를 조금 부어주면 무슨 냄새지 하며 모여든다. 어느 날 황새 한 마리가 물고기 한 마리를 낚아챘는데 물고기가 부리에서 퍼덕이는 것을 본 내가 악! 큰 소리를 질렀고 그 순간 새도 놀라 물고기를 떨구고 말았다. 사흘째 되던 날 물빛이 맑아 혹시나 하는 마음으로 물고기들이 함께 모여 있는 곳을 보았는데 그중 한 마리의 등이 새끼손톱만큼 파여 있었다. 그도 씩씩하게 헤엄치고 있었다. 아시는지? 모든 물고기들이 헤엄칠 때 상류 쪽으로 머리를 향한다는 것을. 10마리의 물고기가 모여 있다면 그들의 머리가 모두 한 방향이라는 것을. 첫번째 징검다리에서 두번째 징검다리까지의 거리는 1,190걸음이다. 영하 7도쯤 되던 바람 많은 날 급하게 헤아린 것이니 오차가 있을 것이다. 두번째 징검다리의 디딤돌은 첫번째 징검다리보다 조금 크다. 이곳 강폭이 더 넓고 깊이도 조금 깊기 때문이다. 여기서 카페A가 자리한 계단으로 돌아오면 오늘의 순례가 끝난다. 순례의 시간도 일정치 않다. 무엇보다 도중에 내가 좋아하는 의자가 둘 있기 때문이다. 의자에서 시집 읽기도 좋고 말매미 울음소리 듣는 것도 좋고 그냥 멍때리기도 좋다. 바람이 좋고 강물 냄새도 좋다. 그중 한 나무의자 이야기를 당신에게 들려주고 싶다. 지금은 깊은 겨울이므로 강변의 풀들은 다 시들었다. 며칠 전 의자에 앉았다 일어서는데 의자 아랫부분만 색깔이 다른 것을 알았다. 의자 아래의 풀들만 초록빛이었다. 나무의자가 지붕처럼 눈을 막아주었고 추운 바람을 막아준 탓이라 생각하니 놀랍고 신비했다. 나는 이 사진을 몇 장 친구들에게 보냈는데 그중 한 친구는 부끄럽다고 말했다. 누군가에게, 자신의 영혼에게 작은 의자가 되어준 적이 있는가 생각했다는 것이다. 부끄럽기는 어디 그이뿐이겠는가. 꽃과 나무와 새 들, 물고기들, 강을 걷는 사람들을 보고 있으면 힘들어도 생명은 전진해야 한다는 생각이 든다. 흐르는 물이 얼음으로 뭉쳤다가 봄날의 자욱한 꽃향기를 만나듯.

세수

두 손을 모아 강물을 받아요
그 물로 얼굴을 비벼요
물고기 냄새와 달빛 냄새가 나네요
아침 해가 강물에게 들려준 얘기를 느낄 수 있어요

손에서 얼굴 냄새가 나요
평생 화장수 한번 바르지 않았죠
슬픈 날은 얼굴에서 별 냄새가 나요
반짝반짝 흘러내리는 별
내 몸 어딘가 이리 많은 별이 있었다니 신비해요
별이 있어 세월 내내 행복했지요
별이 있어 해와 달도 외롭지 않았지요

슬플 때면 강으로 가요
쭈그리고 앉아 강물로 얼굴을 비벼요
얼굴이 환해지니 그리운 당신에게 갈 수 있어요

단오

두 노동자가
강으로 소풍을 왔다
오늘이 무슨 날인 줄 알아요?
우리 만난 지 399일 되는 날

자주색 창포 꽃들이
바람 속에 흔들렸다
남자가 돌 위에 창포 잎을 찧었다
꽃보다 잎이 더 곱게 물든단다
누이의 머리를 감겨주던 어린 날
어머니가 한 말을 기억했다
여자는 남자의 무릎 위에 등 대고 누워
남자가 머리를 감겨주는 동안 눈을 감았다
한 시간 6,450원이면 어때?*
평생 이곳에서 살 것도 아닌데

푸른 용 두 마리가
나란히 강변 풀밭에 누웠다
햇살이 고슬고슬 떨어지고
지상에서 가장 신비한 꽃향기가 푸른 용의 비늘을 감싸
안았다

* 2017년 최저시급.

어린 물고기들과 커피 마시기

외로울 땐 이게 좋아
강물 멈춘 작은 웅덩이
모여든 물고기들에게 커피 한 모금 건네네
큰 물고기들 급히 흩어지고
작은 물고기들 모여드네

시집 읽을 때 좋지
브람스를 들을 때도 좋아
좋아하는 것들을 좋아해봐
잠들 때도 좋아하면 꿈을 꾸게 돼
같은 꿈을 일주일에 다섯 번 꾸는 것이 인생이야
물속에서도 꿈은 흘러가니?
바람은 어디에 사는 거니?
물속의 초콜릿 공장에 견학 가고 싶어
조금 더 자라면 수학을 공부하게 돼
이건 무슨 필요가 있지?
묻게 될 때가 오게 돼 있어
흐름 속에 몸을 맡기는 건 좋은 버릇이 아니야
눈두덩이 퍼렇게 부풀어오를 때까지
주먹질을 하게 될 날도 오지
오지 않았으면 하게 될 날이 와

그날을 꼭 안아봐

물속의 꿈은 부드러워
흐르면서 조용히 감싸안지

내일도 또 올게
짱뚱어가 주인공인 동화 한 편 읽어줄게

의자

강가에 의자가 있다
물고기들이 지나가다
시집을 읽는 사람에게 헬로, 인사를 했다
물고기들의 인사를 알지 못하는 사람이
시집의 여백에 썼다

구름은 하늘을 지나가는데
쉬어 갈 의자 하나 없네

그가 이 구절을 가만히 중얼거리는 것을 의자가 들었다
의자는 사람이 바보일 거라 생각했다
의자가 알고 있는 한 하늘은 의자들의 천국이었다
해와 달과 별
모두가 하늘의 의자였으니
구름은 쉬어 갈 곳이 많고 많았다

바람과 비와 눈보라 또한 의자였다
그들이 없다면 꽃과 나무와 풀 들이
안녕, 하고 사람에게 인사하지 못할 것이었다

바람이 새소리와 풀냄새와 꽃향기를 데리고 왔다
의자에서 일어난 사람이 손을 흔들며 바람에게 헬로, 인사를 했다

의자는 사람이 바보가 아니라는 것을 알았다
사람이 떠난 자리에 시집 한 권이 남았다

종이배

종이배를 만들어요
고공 크레인도 도크도 노동자도 필요 없어요
가장 신비한 이야기가 적힌 일기장을 찢어 접고
크레파스로 치장을 해요

좋아하는 색을 말해봐요
그 색을 칠해드릴게요
좋아하는 노래를 불러봐요
그 노래의 음정들을 실어드릴게요
당신이 사랑하는 자줏빛 추억들도
여기 실을 수 있어요

아세요?
은하수에 파도가 없다는 것을
그러니 아무 걱정할 일이 없어요

내 종이배에 함께 태우고 싶은 이가 있어요
노란 민들레꽃과 수수꽃다리
쇼팽의 피아노곡들과
귀를 자른 뒤의 고흐를 태우고 싶어요
어머니와 큰누나를 태울 자리가 남았어요

아세요?

큰누나가 세 살 적 나를 업고
찔레꽃 가득 핀 강나루를 찾아갔다는 것을
은하수 환한 밤이었고
폐병쟁이 뱃사공이 호롱불 아래
무엇인가 적어 누나에게 주었지요

누나는 열일곱 살
나는 세 살
시가 태어나기 전의
시를 그때 처음 알았지요

종이배를 만들어요
큰누나 만나러 가는 배예요
신이여 미안하지만 당신을 태울
빈자리는 없어요
흑사병이나 장티푸스, AIDS로 죽은 이보다
당신이 버린 자비로 죽은 이들이 더 많아요

누나는 열일곱 살
나는 세 살
그때 처음 시를 알았고
신은 아픈 사람을 외면한다는 것도
처음 알았지요

내 눈앞에서 웃고 있는 누나
누나를 만나러 갈 때 종이배를 타요

물고기와 나

물고기는 몸이 예쁘다
하루종일 물속에서 춤을 춘다
물풀 사이 동네에
우체국과 문구점과 도서관이 있다
'술병과 나'라는 이름의 카페도 있다
물고기는 저녁의 카페에서 맥주를 마시거나 음악을 듣는다
도서관에서 정기적으로 책을 빌리는 물고기가 생각보다
많다
카페를 나온 물고기는 뻐끔뻐끔 수면 위에 물방울을 만
들며 논다
밤이 되면 별들이 물속의 마을에 가로등을 밝히고
물고기는 일주일에 한 번 손 편지를 쓴다
우표를 사는 동안 물고기에게 우호적인 문구점 주인이 계
간지 한 권을 내민다
신인상 당선작에서 쓰레기 냄새가 난다
물고기는 춤춘다
물이 좋으니까
물냄새가 사랑스러우니까

어도(魚道)

하얀 새 한 마리
가로등 위에 앉아
저무는 강 보네

가을에 태어난 어린 물고기들
갈대 뿌리를 그네 삼아 놀지
물고기들은 자라 학교에도 공장에도 병원에도 가지 않으
니 참 좋지
사내 녀석은 군대에도 가지 않으니
설산이나 오아시스를 찾아야 할 눈으로
조준경 속 누군가의 심장을 겨눌 일도 없지
열 살 아이가 두 살 아이를 등에 업고
우윳값 주세요 손을 내밀 때
폭탄들이 거리의 건물을 무너뜨리고
알을 버린 비둘기들이 먼지 속으로 날아오르지

물봉선 꽃그늘 아래
민물가재와 다슬기들이 모여
물위에 뜬 구름 위에 가을의 시를 쓰지
잠자리 두 마리가 서로의 꼬리를 입에 물고
하늘로 날아오르네
상류로 오르는 물줄기 한가운데
당신이 힘차게 거슬러오르는 것을 보네

TV에서는 오늘 인간의 쓰레기들이
핵탄두를 서로의 영토에 떨굴 궁리를 하고
선글라스를 쓴 돼지들이
새로 지은 강남의 축사들을 사들이지
생이 준 현실을 최고의 환상이라 여기며
인생은 아름답다고 외치는 자들이여
당신이 붙들고 있는 축축한 시간 바구니들이 비워질 때
마지막 석양에 비치는 지옥의 네온사인이여
어서 오렴 어서 오렴
불과 유황과 모든 쇠붙이들 흘러내린 화산의 분화구
그 속에 뜨거운 욕망의 시를 쓰렴
너희가 지닌 비참한 십자가는
그 어떤 신도 지니지 않은 계시임을

어도를 따라
힘차게 뛰어오르는 그대여
알을 다 낳은 뒤
온몸으로 십자가를 만드는 그대여

물고기에게

징검다리에 앉아
한나절 보내네
물고기들 새봄의 이파리 같아라
강물 위 바람이 스쳐가면
하얀 배 뒤집고 일제히 춤을 추네

사흘 전 새가 놓아준 그 아이 보네*
등이 새끼손톱만큼 파여
붉은 살 드러낸 채
동무들과 함께 씩씩하게 춤을 추네

아가야
하얀 종이배가
물살을 따라오면
종이배 뒤를
졸졸 따라가렴

물풀에 걸린 종이배가
더이상 흐르지 못하면
그곳에서 새 물고기 만나
아기 낳고 꽃밭 만들고 시 쓰고
그러다 또다른 종이배 만나면
세상 끝까지 흘러가렴

* 43쪽 4행~9행에 등 다친 이 아이 이야기가 나온다.

태양의 커피

종이컵 속
새로 볶은 커피 냄새가 좋았다

징검다리 앞에 서서
태양에게 말했다

한 모금 하세요

말이 끝나자
암갈색 메뚜기 한 마리가
종이컵 속으로 뛰어들어왔다

종이컵을 급히 풀밭 위에 쏟았다
어디 다친 데는 없나요?
다행이에요 걸어갈 수 있으니

빈 컵 들고 일어서는데
다른 메뚜기 한 마리가
툭 종이컵 속으로 뛰어들어왔다

미안해요
빈 컵이에요
얼음이 담긴 태양의 커피를 모두 사랑했다

바람

바람이
사스레피 꽃 자주색 가지에 앉아
박하사탕 두 알 줄 터이니
방금 쓴 시를 다오 한다
나는 박하사탕 두 알과 시를 바꾸었는데
강변 토끼풀 꽃들이 그것을 알고
주세요 주세요 하얀 손바닥을 내미는 것이었다

소년은 꽃향기를 안다

멜빵바지*를 처음 입었을 때
흰 구름이 국경 넘어가는 배낭 속 기웃거릴 때
원고지 사이 자주색 볼펜을 보여주었을 때
낡은 나무 마차를 탄 해가 지평선 넘어갈 때
돌담 위에서 처음 본 새가 노래할 때
걷고 걸어 눈보라 속 촛불 켠 작은 기차역 만났을 때
내가 쓴 시보다 당신이 쓴 시에 눈물이 많았을 때

* 니코스 카잔차키스는 스무 살 때 지중해를 홀로 여행했다. 크레타
의 기념관에서 멜빵바지를 입은 그가 여행중 평원을 바라보는 뒷모
습 사진을 보았다. 멜빵바지에서 스무 살 청년의 방황과 고독의 냄
새가 짙게 풍겨왔다……

카페A 가는 길

이 길에서는
사향 박하 냄새가 나고
새벽 인쇄 공장 따뜻한 종이 냄새가 나고
차 굶지 마라 여연 스님 자하차(紫霞茶) 향이 나고
옛 비단길 상인들 둔황에서 맛본 말리화차(茉莉花茶) 향
도 나고
생후 한 달 조카의 똥 싼 얼굴에 코 박고 웃는
수정 이모 웃음 냄새가 나고

이 길에서는
달빛이 이팝나무 꽃가지에 내려앉은
푸른 용에게 들려주는 신화 이야기도 소슬하고
하늘의 두 마리 새가 어디로 갈 것인지
서로 상의하는 소리도 들리고
풀숲 밖으로 나온 뱀딸기 한 알
눈 크게 뜨고 놀라는 소리도 들리고
길고양이가 길강아지에게
하얀 쥐를 잡아줄게 속삭이는 소리도 들리고

당신이 술 먹고 돌아와
밤새 코 고는 소리도 들리네
오래전 내가 코 골고 잠들었을 때
당신이 내 귀에 대고

밀화부리 노래 같아요라고 속삭였지

징검다리 2

강물 위에 초승달 떴다
강물이 다가올 때마다 징검다리는 가슴이 뛰었다
강물이 초승달을 데려다주면 함께 세상 끝까지 갈 것 같
았다
내가 당신을 사랑하는 이유는
그곳에 당신이 머물기 때문이다
신이 태어나기 전부터 당신을 사랑했다
날이 새면 제비꽃 한 송이가 강물을 따라온다
초승달이 머물던 그 자리에 잠시 멈춰 서서
당신은 내게 기약 없는 입맞춤을 한다

나비

노란 나비는 노란 꽃에
하얀 나비는 하얀 꽃에

앉지 않아요

가위바위보 해서
앉을 꽃을 정하지도 않아요
바람이 와서
여기 앉아봐 해도
앉지 않아요

어떤 꽃에 앉을지
아무도 몰라요

하엽(河葉)

물속을 들여다보는 사람은
물고기들이 얼굴 곁으로 다가와
콕콕콕 쪼아주기를 기다리는 사람이다
아이 간지러
아이 간지러
사람은 몸을 비트는 것인데
물고기들은 하마 그 소리가 좋아
눈 코 귀 가리지 않고 쪼는 것인데
사람은 물고기의 입술을 쪼아줄 수 없으니
아쉬워
일어서지 못하고
물에 입맞춤하는 것이었다

나와 물고기와 저녁노을

물고기 두 마리
입맞춤하네
가을에 사랑하다 헤어지면 봄 온다네
친구여, 지평선에 꽃 피었으니 아침에 쓰지 못한 시 감자
바구니에 담아 들고 오게나

강물

물을 보면 좋아요
흐르니까요

구름
바람
꽃향기
밤하늘 반짝이는 윤동주의 시

흐르는 것은 착해요
멀리서 내 이름을 부르네요

나는 어디쯤에서
흐르다 멈추었을까요

물을 보면 좋아요
종일 노래 불러요

어제는 배가 고파 노래 부르지 못했어요
배고픈 날 부르는 노래가 진짜 노래라고
당신이 얘기해주었어요

물을 따라 노래 불러요
정말 배고픔이 사라지는 거예요

나는 배부른 날
노래 부르는 줄 알았지요
1년 365일 흐르는 강물이
얼마나 배고픈 줄 몰랐지요

배고픈 물이
물고기를 키워요
물고기는 배고픔이 어머니예요
그래서 물고기는 자유로워요

물을 따라 흘러요
한때 나는 흐르는 것이 무엇인 줄 알지 못했지요

당신도 흐르세요
당신도 물이 될 거예요
세월이 세상 제일 낮은 것들의 친구가 되어요

모자

물은
앞에 앉은 이에게
인사하고 싶었어요

컵 밖으로 손을 내밀어
주름이 많은 볼을 만져보아요

자두나무 가지 위
밀화부리가 그 모습을 보아요

물의 인사를 사람이 알았으면
하고 생각해요

나무 탁자 위에
사람의 낡은 모자가 있어요

밀화부리가 가만히
모자의 챙 위에 앉아요

보푸라기 하나 물고 노래해요
슬픈 생각을 하던 사람이 보아요

아이구 예쁜 새가 날아왔네

사람이 턱을 괴고 보아요

밀화부리의 노래가
사람의 머리에 모자를 씌워요
사람이 한 번도 쓴 적 없는 모자예요
사람의 머릿속이 환해져요

사람이 물컵을 들어요
물을 마시며 고요히 웃어요

세월

사랑하고 싶은 게
너무 많아서
세월은 가슴팍에 거친 언덕 하나를 새겨놓았다

사람들이 울면서 언덕을 올라올 때
등짐 위에 꽃 한 송이 꽂아놓았다

우는 사람들이 너무 많아서
눈물을 모아 염전을 만들었다

소금들이 햇볕을 만나 반짝거렸다
소금은 소금 곁에서 제일 많이 빛났다

언덕을 다 오른 이가 울음을 그치고
손바닥 위 소금에 입맞추는 동안

세월은 언덕 뒤 초원에
무지개 하나를 걸어놓았다

어디로 갈까?

얼음 커피를 손에 든 사람은
물고기를 기르는 사람이에요
걸을 때마다 물고기들이 달그락달그락
얼음 사이를 헤엄쳐요

얼음이 다 녹을 무렵
물고기들은 알을 낳아요
알은 부화하는 데 하루 걸려요

해가 뜨고
얼음 커피를 든 사람 곁에
새 물고기들이 헤엄쳐요

어디로 갈까?
얼음 커피 속 물고기들에게 사람이 물어요

라면 먹는 밤
―성래에게

복날이에요
플라스틱 물통에 심은 접시꽃이 화사해요
길 건너 삼계탕집은 계 탄 날이에요
내 알바하는 접시꽃 삼겹살집은 텄어요
성래야, 퇴근하려는데 사장님이 부르는군요
손에 봉투를 들었어요

니가 불판도 잘 닦고
청소도 열심히 하는 거 잘 안다
오늘 손님도 없는데 니한테 좋은 일 하나 해야겠다
니 좋으면 나 좋으니
나한테 더 좋은 일인지도 모르겠다
이번 달 시급 만 원 계산했다
새 정부에서 2020년부터 시행할 모양인데
힘들어도 함께 힘든 게 낫지 않겠냐?
신호등 앞 비 온 뒤 숲 약국도 이미 올렸다더구나
니가 힘들면 나가 힘들고
니가 좋으면 나도 좋지 않겠냐 시팔
오해 마세요 사장님 시팔은 욕이 아니에요
5공화국 시절부터 입에 붙이고 살았다는데
좋은 일에도 떨어질 생각을 않는다 하네요
사장님은 순천 해룡면 와온 사람이에요
개펄에 해넘이 좋으니 언제 함께 가자 하네요

오늘 행복한 날이에요
귀 빠진 날이라고 사장님에겐 말 안 했어요
밤 10시에 은설이 만나 소머리국밥 먹기로 했지요
은설이도 세 달 전까지 여기서 일했는데 지금은 커피 가
게 일 해요
만 원으로 오른 시간급 이야기하며 심야 영화도 한 편 볼
거예요
11시까지 국밥집 앞에서 기다렸는데 은설이 안 와요
문자도 없어요

자취방 가는 길에 편의점에서 카프리 두 병 샀어요
라면을 끓여 카프리 마시는데 목이 메어요
억지로 면발 삼켰는데 한 가락이 코로 나와요
은설이가 웃을 때 얼마나 예쁜지 아세요?
은설이는 드라마 작가가 꿈이에요
방송국에서 예비 작가 과정을 공부하고 있어요

두 캔을 다 마시니 소주 생각이 나요
나는 고향이 제천 산골짝이에요
천등산 박달재 울고 가는 고갯길 바로 옆이지요
고등학교 졸업하고 처음 서울에 올 때 시를 쓰고 싶었지요
낮에 일하고 밤에 시 쓸 생각이었지요

어떤 세상이 좋은 세상이라고 생각해?

일 끝나고 오던 길에 은설이가 물었을 때

낮에 일하고 밤에 시 쓰는 사람들이 모여 사는 세상이라고 말해 점수를 땄어요

은설이가 자기는 드라마를 쓸 거라 했어요

바늘과 실이라는 말이 떠올랐어요

그런데 은설이가 어떤 드라마를 쓰고 싶은지 아세요?

아픈 사람은 더 아프고 가난한 사람은 더 가난해지는 드라마를 쓸 거래요

은설이의 눈을 보고 있으면 꼭 그런 드라마를 쓸 거 같아요

소주 두 병 사들고 돌아와 다 마셨어요

머릿속이 은하수처럼 초롱초롱해요

젊은 놈이 술이 약해 쓰겠냐? 회식 날 사장님이 말했지요

냄비를 들고 식은 라면 국물을 마셔요

세상에는 착하고 좋은 사람이 더 많아요

곧 해가 떠요

이 순간이 좋아요

난 가난한 사람이 따뜻해지는 시를 쓸 거예요

은설이는 가난한 사람이 더 슬퍼지는 드라마를 쓰겠지요

시작은 달라도 종착역은 같을 거라 생각해요

톡톡 햇살이 창을 두드려요
복각판 윤동주 시집 크기의 창이에요
호 입김을 불어 먼지를 닦은 뒤 열어요
감나무 가지에 앉은 참새들이 나를 보는군요
두 팔을 흔들어 참새들에게 인사해요
참새들도 푸드덕 내게 인사를 해요
쩍쩍쩍 좋은 시 써요 시팔
쩍쩍쩍 좋은 시 써요 시팔
오 저런, 참새들이 사장님의 시팔을 알고 있어요

오전 11시 접시꽃 삼겹살집의 불판을 닦아요
맑아요 깨끗해요 환해요 기분도 다 좋아졌어요
판을 닦으며 다시 오늘의 시를 생각해요

첫눈

내가 신한촌의 한 호텔 315호실에서
문득 눈을 떴을 때 새벽 3시 35분이었다
비늘마다 노란색 등을 켠
몸은 백색인 이무기 한 마리가
기차 레일을 따라 남행하는 꿈속
열차는 함남 도안역에 멈춰 섰고
나는 플랫폼에 내려 쩔쩔 끓는 귀리차*를 마셨다
여기서 서울까지는 열 시간
여기서 목포까지는 스무 시간
흰옷 입고 등짐 멘 사람들의 목소리에서 수수 내음이 났다
스탠드의 불을 켜자
벽에 걸린 드가의 그림 〈발레리나〉가 보였다
잠들기 전 존재를 알지 못했던 복사판 그림이었다
나는 일어나 거울 앞 꽃병 속의 붉은 꽃에게 다가가
손을 내밀었는데 그때야 이 꽃이 조화라는 것을 알 수 있
었다
옆방 객실의 화장실에서 물 내리는 소리가 들렸다
비상시에 창문을 부수는 데 쓰이는
붉은색의 망치가 벽에 걸린 모습도 처음 보았다
냉장고 안에서 생수 한 병을 꺼내 들이켜는 동안
창가에 뭔가 어룽이는 느낌이 있었다
천천히 창으로 다가갔을 때
비로소 내 잠을 깨운 이가

누구인지 알게 되었다
세상을 하얗게 물들이는 그
한없이 포근한 입술과
한없이 자유로운 날개를 지닌 그
첫눈이 세상을, 50년 뒤의 첫사랑이라도 찾은 듯
그 어깨 안에 포근히 감싸는 것을 보았다.

* 백석 「함남 도안」에서 인용.

3부

바람은 어디로 가나

열아홉 살

바람이 불 때마다
내가 누구인지 생각해요
스무 살이 되면
당신이 누구인지 생각하겠지요
서른 살이 되면 해바라기 말라 죽어가는 항구에서 벌컥
소주를 마시겠죠

샹그릴라

노란색 꽃을 지나
자주색 꽃을 지나
연두색 이파리들 지나
바람은 어디로 가나

3등 완행열차 멈추는 운남의 간이역
머리 하얀 노파가 선로가에 쭈그리고 앉아 똥을 누네
샹그릴라까지는 여기서 1,300리
길은 늑대에게 죽은 짐승의 뼈처럼 흩어져 있는데
하얀색 나비 한 마리 노파의 똥 위에 입을 맞추네

Petrol 518

눈 내리는 밤의 캘리포니아
태평양을 따라 내려가는
가도에서 눈을 맞고 있는 주유소를 보네
붉은 네온 간판 눈을 맞으니 예뻐라
눈발 속에 따뜻이 빛나는 Petrol 518
왠지 고향 사람인 것만 같아 주유소에 차를 세우네
라틴아메리카계의 직원이 눈인사를 하네
사장님이 코리언이니? 하고 물었네
야간 알바 한 지 며칠 안 돼 사장 얼굴 모른다 하네
하늘에는 솜털 같은 눈송이들
그가 왜 주유소 이름을 이렇게 붙였는지 알 수 없네
내리는 눈송이에서 고향 마을
어린 시절 목화 냄새 나네

풍등

누구에게 보내는
마음의 선물인가?
하늘로 오른 이와 땅속에 처박힌 이의
영혼들이 손잡고 소풍을 가네
색색의 물고기 헤엄치는
밤은 파랗고 은하수는 고요해
당신이 술 사주라 하면
운남(雲南)으로 가고
눈 덮인 호수 보여달라 하면
곤명(坤明)으로 가네
공무원 시험이나 입사 시험 보라는 말 하지 말아줘
월급 대신 별밭 사이 내가 만든
작은 채소밭을 보여줄게
당근과 옥수수 고구마 파슬리 로즈메리
라벤더 향을 맡으며
작은 시냇물가에 사는 거야
주황색과 초록색 자주색의 물고기가 헤엄치는
은하수 곁에 사는 거야

종서

원고지에 종서를 할 때면
국경 마을 넘어가는 철새들의 날갯짓 소리 들린다

하늘이 하나뿐인 귀를 펼쳐놓고
그 소리를 듣는 것인데
파란 잉크의 바닷속 어딘가에
내 늙은 수도승이 찾는 샹그릴라가 있다 한다

밤늦게 종서를 하는 인간의 방에서
마두금 소리 들린다
고니들이 찾는 남쪽 마을이 가까워진다

길 2

배가 부른 여자가 울며 유모차 끌고 가는 길
장도 열차의 기적 소리 들리는 길
세상의 끝이 어딘 줄 아니?
아홉 살의 가을 저녁
종이배를 따라 달려가던 길
오래 걸은 운동화 속 복숭아 냄새를 사랑한 길
물대포에 맞은 농부의 깨진 안경이 뒹구는 길
불붙은 몸의 승려가 뛰어가던 라사의 길
봄은 오는가?
50년 전부터 묻던 길
실질 금리 마이너스 집 사세요 현수막 펄럭이는 길
한 손에 성조기 한 손에 태극기 흔들며 가는 길
내가 누구인지 당신이 누구인지
왜 사랑해야 하는지 알지 못해도
돼지족발에 막걸리 한 사발 쪽쪽 들이켜는 길

사과
—델리호보에서*

사과는 언제나 맛있다
물이 많으니까
봄날의 라일락 꽃향기와
늦가을 여수 밤바다 냄새가 난다
우체국 앞 우체통이 첫눈을 맞는다
평생 그도 물이 많았다
3년간 부은 적금을 깨 내 손바닥 위에 올려준 가을날이
있었다

* 톨스토이의 영지와 체호프의 집필실에 공통점이 있다. 작은 호수와 호수 주위의 사과나무들. 오래된 사과나무의 열매들은 맛이 없어 그냥 땅에 떨군다. 나는 사과를 좋아한다. 바람에 날리는 사과꽃도 좋아한다. 눈이 쌓인 풀밭에서 겉이 상한 사과를 주워먹는 동안 깃털이 하얀 작은 새가 칫칫칫 울며 날아갔다. 멜리호보는 체호프의 집필실이 있는 마을 이름이다.

혁화쟁이

장마 그친 맑은 강
부평들이 떠 하늘의 구름인 양 하였다

그의 생은 낡을 대로 낡은
버들가지 궤짝에서 나왔는데
두루마리 화선지 한 묶음과
오방색 물감 통이 나왔고
폭이 엄지손가락만한 가죽 붓이 나왔다

풀방석 위에 앉은 그가
제일 먼저 쓴 글귀는 인생만리(人生萬里)였다
말매미 울음소리 나무 이파리들 쩌렁쩌렁 흔들 때
청 홍 황 흑의 물감들이 뒤섞여
봄날의 꽃밭 같은 문자 그림이 태어났다

구경하던 사내가 즉석 주문을 했다
사흘 뒤 상량식을 한다는 그는
용(龍)과 구(龜) 두 글자를 원했는데
그가 혁필 그림 문자를 쓰는 동안
화선지 위에 푸른 용 두 마리가 내려와
뒤엉긴 채 꿈틀꿈틀하는 것이었다

어두워질 무렵

윗장의 신화국밥집에서
그와 돼지국밥을 먹었다
수염 허연 그가 몇 살인지 어느 도시를 얼마나 떠돌아다
녔는지
사랑하는 이를 몇이나 떠나보냈는지 알 수 없지만
내 이름이 적힌 혁화 한 장을 받았다

인생만리 바람 불고
초승달 곁 별 하나 다가가고
우리는 어디로 가는지
그가 문자 그림을 그리던 강가의
부평들이 가을 햇살을 받아 파랗게 빛났다

When the Saints go Marching in

해가 지고
샛별이 빛을 뿌리기 시작하면
낡은 색소폰을 든 그가
강변 나무의자 곁으로 다가왔다
그가 눈을 감고 조율하는 소리를
강변의 꽃과 새와 물고기 들이 듣고 있다

제대하고 탄광촌 광부가 되어 3년을 보냈다 한다
그곳의 술집 '빈병의 노래'에서 젖이 하얀 여자를 만났다
대처로 가 살자 하고 3년 모은 돈을 건넨 다음날 여자는
사라졌다
탄 더미 위에 찔레꽃 환한 봄날이었다
반폐인이 되어 2년쯤 여자를 찾아다니다
동남아 다니는 화물선의 잡역부가 되었다 한다
3등 정비사가 되고 7년 동안 돈도 모으고 시도 썼다 한다

베트남의 훼에서
눈망울이 사슴을 닮은 한 여자를 만났다
작은 보트장이 있는 집을 사 식당을 차리고 살았는데
아내가 아이를 낳다 세상을 떠났다 한다
엄마를 잃은 지 5년 만에 아이도 세상 떠나고
혼자 한국으로 돌아왔다 한다

그가 연주한 첫 곡의 이름은 Green Field다
감정이 오버할 때 그의 볼이 붉어지는 것을 보았다
맞은편 강변 스피커에서 에어로빅을 하는
아낙네들의 율동 소리가 들려온다
색소폰 소리가 에어로빅 스피커 소리에 묻힌다

세상에서 가장 아름다운 소리는
침묵이라 생각했던 시절이 그에게 있었다
내 안의 침묵 속에 머물고 있으면
세상의 모든 목마른 소리들이 들린다고 했다
늙은 두 볼이 부풀었다 줄었다 하는 모습이
When the Saints go Marching in과 어울렸다

막걸리 먹는 사람들*

막걸리 먹는 사람들의 두 볼에
천도복숭아 한 알씩 매달려 있다

봄바람을 몰고 다니는 분홍색 용이
그 복숭아 향이 너무 좋아 쪽쪽쪽 입맞춤을 하였는데
그뒤로
순천 월등마을 사내들은 평생 입맞춤하기
제일 좋은 하늘의 장소를 알았다

하얀 솜털구름이 복숭아밭 지나갈 때
막걸리 한 주전자 먹으면
초가집 한 채 주지

소낙비 후드득 복숭아밭 지나갈 때
막걸리 두 주전자 먹으면
산밭 두 마지기 주지

바람도 구름도 없는 파란 하늘을 만나면
막걸리 세 주전자 먹으면
우리 마누라 노래 한 소절 주지

그 노래 가락이 하도 구성져서
분홍색 용은 막걸리 먹는 사람들 보면

그 곁을 떠나지 못하고
천도복숭아 향기에 절로 취하는 것이었다

* 막걸리는 마신다고 하지 않고 먹는다고 한다. 술이 아니라 밥이기
때문이다. 복숭아꽃이 만개할 때 월등의 산골 마을들은 떠돌이 용들
과 신선들의 무릉도원이 된다.

강

벤치에 앉은 노인이
은사시나무 가지에 앉은 밀화부리의 노래를 듣는다
낡은 구두를 벗은 노인의 발도 함께 밀화부리의 노래를
듣는다
자주색 새 양말을 신고 초원길 300리를 더 걸으면
국경 열차가 출발하는 기차역이 나온다

흰 구름

이국의 도서관에서
책을 빌려 나오는 사람의 뒤를
가을 햇살이 졸졸 따라나서고 있다
들국화가 핀 철길을 따라
국경 열차가 달리고 있다
호숫가의 나무의자에 앉아
헤세를 읽는 이가 헬로, 인사를 한다
한 번도 들른 적 없는 이 국경 마을에서
내가 살아야겠다는 생각을 한 건
국경 열차가 지나가던 산언덕 위
처음 본 하얀 용이 웃으며 손을 흔들었기 때문이다

6월 아침

강을 따라 걷다
사람과 이마를 부딪혔다
그이도 머리를 숙여 걸어왔기 때문이다
먼 이국의 밤의 해변에서
서로 다른 시원을 출발하여 쏟아지던 유성우가
서로 부딪치는 것을 간절히 기다리던 순간이 있었다
충돌은 섬광을 낳고
섬광은 무지개보다 신비하다
그이가 손에서 놓친
시집을 들어올렸을 때
선홍빛 뱀딸기 하나 풀숲에서 수줍게 웃었다

자주색 메꽃 한 송이

밤에 비가 와
징검다리 건널 수 없다
의자에 앉아 시를 쓰는데
누가 모자를 벗으며
좀 앉겠습니다 인사를 했다
멕시코풍의 낡은 모자에
자주색 메꽃 한 송이 꽂혀 있는데
또 한 사람이
아이고 허리야 삭신이 쑤시네
하며 내 곁에 앉았다
그의 말을 듣는데 내 삭신이 쑤시는 것 같았다
셋이 앉아 흐르는 강을 보는데 좋았다
맨발로 조심조심 징검다리를 건너보았다

사랑

풀을 따라 강둑을 걸었다
바람이 불어와 풀들을 보듬었다
소주 두 홉을 마신 사람이 풀냄새 두 말을 마셨다
풀은 주량이 어떻게 되나
술 먹지 않은 무싯날 태풍이 불어왔다
미친바람이 풀의 몸을 쥐어뜯었다
풀은 온몸이 술이며 노래며 춤이며 심장이라는 것을 처
음 알았다
풀은 바람을 보듬고 구천 멀리 날아갔다
풀과 함께 날아가던 새들이 한 골짜기에 내려앉았고
조용해진 풀밭에 새들이 알을 낳았고
바람에 날려 온 꽃씨들이 풀 틈 사이 꽃을 피웠고
알을 나온 아기 새들이 톡톡 꽃잎을 쪼았고
풀밭에서 새로운 음악의 기원이 시작되었다

4부

눈사람은 눈사람을 사랑하였네

별똥꽃

은하수가 모여 사는 마을에 향수 공장이 있다
지용도 동주도 소월도 그 공장의 하급 직원이었다 한다
낙타를 타고 온 사라센의 상인이
초승달이 뜬 파란 하늘 위에
형광색 잉크를 찍은 펜으로 구매 계약서를 쓴다

눈사람

눈사람들 걸어오네
램프를 들고 걸어오네
함박눈 오는 새벽길
떡국 실은 트럭 오네
눈사람들 뜨거운 떡국 한 그릇 먹네
떡국 나눠주는 이도 눈사람이네
눈사람들 떡국 한 그릇 먹고
기차역으로 가네
눈사람들 떡국 한 그릇 먹고
강으로 오네
눈사람 코는 당근
눈사람 수호천사는 빨간 벙어리장갑
눈사람은 눈사람을 사랑하였네
가끔 눈사람은 눈사람을 미워하였네

고니

여자가 궁둥이를 하늘로 치켜들고
물갈퀴질을 하고 있다
밑을 훤히 보여주는 거룩한 식사 시간이여
한끼를 위해 필사적으로 개펄을 뒤진 여자가 눈보라 속으
로 날아올랐다
울음소리에서 눈 속에 핀 선홍색 매화 향기가 났다

히브리 노예들의 합창

　용당식물원 분홍 넝쿨장미 꽃송이들 깨진 유리 조각 박힌 담장을 기어올라 이웃 신화고물상 담장으로 넘어갔다 5월의 비가 초록초록 내리고 고물상 안 폐지와 종이 박스 폐차된 자동차 부품들이 비에 젖었다 신화고물상 옆 우리고물상 담장 아래 3년 전 심은 하얀 넝쿨장미 꽃송이가 녹슨 철조망 둘러친 담장을 기어오르기 시작하더니 신화고물상 담장 위에서 용당식물원 넝쿨장미를 만나 몸을 섞었다 행인들이 보아 그 모습이 참 좋았다 강변에서 사스레피나무 자주색 꽃향기가 날아왔고 베르디의 가곡 한 소절도 들려왔다

계란꽃이야 이쁘지?

일요일에도 영업합니다
신화고물상 녹슨 철제 간판 아래
망초 꽃들 옹기종기 피어 있다

녹슨 컨테이너
사무실 안
고물 TV에서 14박 15일 지중해 크루즈 여행
홈쇼핑 광고가 나오는데
종이 박스 계량을 마치고 4,300원을 받은 노인이
크루즈가 뭐여? 묻는다

노인의 리어카가 고물상을 떠난 뒤
한 노파가 종이 박스를 모은
손수레를 밀며 고물상 안으로 들어오고
1분 뒤 허리 굽은 다른 노파가 손수레를 밀며 들어온다
두 손수레 위 종이 박스들이 수북수북 햇살을 받는 동안
허리 굽은 노파가 다른 노파에게 망초 꽃 한 송이를 건
넨다
계란꽃이야 이쁘지?

고물 TV에서 폐지 줍는 노인
전수 조사 한다는 뉴스가 나오는데
노파들 이쁜 계란꽃 곁에 쭈그리고 앉아

봉지 커피 마시네

보성강

산벚꽃 핀 능선을 따라 올라가면
오리나무로 엮은 단정한 정자가 있다
육자배기를 부르고 있는 노인은 남평 문씨인데
60 평생을 유치장 대장간에서 보습 날과 돌쩌귀 두드리
며 살았다
막내딸 옥님이는 나와 동갑
열한 살에 소리꾼 제자가 되어 보성으로 갔다
열다섯 되던 봄날 나는 보성으로 가는 버스를 탔는데
강물이 파랗고 찔레꽃이 천지사방에 꽃향기를 날렸다
학교를 파하고 집으로 오는 산언덕 길
도시락 허리에 묶고 쑥대머리를 부르며 가던 아이
꽃향기 속에 환히 웃는 모습이 떠올랐다

봄 편지

강에 물 가득
흐르니 보기 좋으오
꽃이 피고 비단 바람 불어오고
하얀 날개를 지닌 새들이 날아온다오
아시오?
바람의 밥이 꽃향기라는 것을
밥을 든든히 먹은 바람이
새들을 힘차게 허공 속에 띄운다는 것을
새들의 싱싱한 노래 속에
꽃향기가 서 말은 들어 있다는 것을
당신에게 새들의 노래를 보내오
굶지 마오
우린 곧 만날 것이오

자두꽃

앉은뱅이책상 위
연둣빛 꽃잎 하나

어디서 왔나

산벚꽃은 산언덕 너머 피고
살구꽃은 다압강 건너
강마을에 피었는데

지난밤 달빛 한줌
떨어진 자리
손바닥으로 가만히 쓸어보네

소년아
자두꽃 피었으니
꽃마차 타고
혜란강 송화강 가자

가다가 여름 오면
임진 나루에서 곤드레나물밥 먹고
가다가 가을 오면
청천강 나루에서 가자미식해도 먹고
겨울 오면 압록강 두만강

흰옷 입은 사람들 모두 모여
눈 온다 눈 온다
천지에 하얀 통일 눈 온다
만세 운동도 하고

소년아
자두꽃 피었으니
꽃마차 타고
앉은뱅이 반도의 허리
DMZ도 지뢰밭도 넘자

꿈
―이용악에게

초산 이모 수놓은 베갯모에
금수강산(錦繡江山) 글자와 모란 한 송이 환하다

시래기된장국에
밥 한 공기 말고 있을 때
먼 곳에서 용악이 찾아왔다
그가 기차를 타고 왔는지
구름을 타고 왔는지 밤 버스를 타고 왔는지 묻지 않았다

그의 손에 내가 쓰던
숟가락과 젓가락을 쥐여줄 때
먼 기차역에서 기적 소리가 들려왔다
국경 열차의 지붕 위에 올라탄 흰옷 입은 사람들
눈은 천지에 내리고 사람들의 마른 등에 손가락으로
시를 쓰던 그를 지난밤 꿈에 보았다

내가 먹던 시래기된장국을 그가 먹고
그가 남긴 숭늉을 내가 마시는 동안
국경 마을에서 내린 사람 몇이 눈밭을 걸어 고향집으로
가고
지붕 위에 남은 몇몇은 먼 전라도까지 간다고 한다

초산 이모 만든 베갯모에

112

사슴 두 마리 모란 꽃냄새를 맡는 모습이 보인다　　　　　　 ―

변산 바람꽃
—소월에게

꽃향기
바람 부는 쪽으로 날아가고

마음은
바람이 잠든 곳으로 날아가네

꿈길 멀어
삼천리

개여울가 쭈그려앉은 동무여
찬물 위에 손가락으로 쓴 시

먼 서해에서
받아볼 수 없어라

지난밤 꿈에
짚신 열 켤레 메고

그대 머문
약산 물 찾아갔네

봄날의 고등어

고등어야 고등어야
봄날의 고등어야
석쇠 위에 눈뜨고 누워
무슨 생각하니?
화덕 안의 붉은 숯불
지옥문 앞 광목천왕(廣目天王) 눈빛 같아라
살아서 대양의 파도와 맞서지 못하고
몽산포항 테트라포드 틈새
낚시꾼의 개구멍이나 기웃거리다가
화덕 옆 쭈그려앉은 바닷가 아낙이
구멍으로 부쳐주는
부채 바람이나 쐬네

분꽃

화장터 창가에 서서
무지개를 바라보는 사람은
무지개를 꽃병에 꽂아두고 싶었다
멍석 위에 둥글게 모여 앉아
보리수제비를 먹을 때면
돌담 곁 분꽃이 수북수북 피었다
한 그릇 더 먹으렴
수제비는 쉬 배가 꺼진단다
볼 움푹 팬 목소리가 들리고
개밥바라기 곁으로 별똥이 지나갔다
고개 꺾어 보지 마렴
사랑하는 이가 떠나지 못한단다
분꽃 씨앗 하얗게 돌에 찧어
그이의 주름살에 발라주었는데
연소실 불꽃 속에서
툭툭 분꽃이 피어난다
어서 가세요 편지할게요
우체국도 우편번호도 알 수 없는
허공의 창밖에 분꽃이 피고
생수병에 무지개를 꽂는 사람이 있었다

벌교 장

수수팥떡을 파는 할머니가 있었다
고향이 어디세요 물으니 만주 용정촌이라 한다
할머니 몸에 코를 대고 냄새를 맡으니
오래전 들른 일송정과 혜란강 냄새가 났다
동주를 아세요? 물으니 아무렴 수수팥떡 한 덩이를 주신다

보성 덤벙이

곡우에 불 땐 덤벙이 그릇에
보리밥 담아 먹으면 밥맛이 달아
가마에 통나무 불 넣는 젊은 도공 온몸의 땀 토란 줄기
같네
하얀 맨발로 징검다리 건너오는 처녀야
빙렬 속 복숭아꽃 핀 마을
두 칸 초가집 마련해두었네

츄파춥스

이팝나무 꽃 수북이 핀 가지
밀화부리 한 마리 앉아 사탕을 먹네
어릴 적엔 사탕 가게 주인이 되고 싶었지
보라색 리본을 묶은 그 아이
학교로 가는 길
꽃나무마다 사탕을 묶어두고
새들보다 더 신나는 노랠 하고 싶었지

가을 편지

여름에 태어난
피라미 한 마리
등에 작은 점 하나
어젯밤 편지 마지막 문장에 찍지 못한 마침표 같네
노란 물푸레나무 잎사귀 하나 떨구었더니
가만히 물고 몇 바퀴 도네
동그라미 안에
사흘 뒤 만나자 적었던
기차역 이름이 있네

수즈달

22년 전 들른
식당 이름 생각나지 않는데
붉은 벽돌담 앞에 핀
꽃 이름은 생각나네
가을 햇살 그림엽서 속 마을의 꽃밭에 떨어지는데
알타이에서 왔다는 한 여인
빨래를 널다 내 모국어로
안녕 인사를 하네
150년 전엔 그와 나의 할아버지가
구강포 물 맑은 한동네에 살았는지 모른다네

새

몸뚱이 외에는 아무것도 가진 것이 없는 사람이 푸른 하
늘을 날고 있다

산문

강은 노래하고 푸른 용은 춤추네

ㄱ

　강을 따라 걷는다.

　풀냄새, 물냄새, 새들의 노래, 물고기들의 춤, 해질녘 에
어로빅 하는 사람들. 처음부터 이 길이 좋았다. 근심도, 절
망도 없이 강과 나 손잡고 걷는 느낌이 있었다. 27만여 명
의 사람들이 모여 사는 도시. 강은 이 도시의 한복판을 흐른
다. 사람들은 이 도시를 순천(順天)이라 부른다. 하늘의 뜻
을 따름. 신비하고 아름다운 이름이다.

ㄴ

　강을 따라 계속 걸어가면 해가 잠드는 바닷가 마을에 이
른다. 마을 이름이 와온(臥溫)이다. 노을 무렵 선창에 등을
대고 누워 있으면 마을 이름이 어떤 의미인지 느낄 수 있다.
와(臥)는 누워 있음을 뜻한다. 온(溫)은 철학적이다. 물이
사람의 입으로 들어가 피가 된다는 의미를 담는다. 그러니
이 마을에서 해넘이를 맞이할 때 선창에 눕는 것은 부드러
운 일이다. 누워서 저녁 햇살을 맞이하고 작은 파도 소리를
듣는 것으로 생은 위로를 받는다.

ㄷ

이승에서 내가 처음 순천에 이르렀을 때의 기억이 남아 있
다. 만주와 일본을 떠돌다 해방을 맞은 외삼촌이 있었다. 그
는 귀국하여 나라 안 공사장을 떠돌며 살았는데 한번은 어
린 조카를 안고 기차여행을 했다. 기차 안에서 외삼촌이 조
카에게 사탕봉지를 하나 사주었다. 봉지 안에 분홍색과 초
록색 하얀색의 별사탕이 들어 있었다. 보기에 참 좋았다. 이
이야기를 외삼촌에게 한 적 있는데 별사탕은 기억하지 못했
다. 대신 순천의 벽돌공장에서 일을 할 때 나를 데리고 기차
를 탄 적 있다고 했다. 그에게 벽돌공장이 강변에 있는가 물
었다. 어떻게 그걸 아니? 외삼촌이 물었다.

ㄹ

강을 따라 걷다가 풀밭에 앉는다. 풀 틈 속에 키 작은 꽃
들이 피어 있다. 냉이꽃 바람꽃을 좋아한다. 무릎을 꿇고 코
를 대면 꽃의 숨소리를 느낄 수 있다. 꽃 곁에 앉아 시를 쓴
다. 시가 마음에 들면 꽃들에게 읽어준다. 스무 살 적 일이
다. 내게 십계가 있었다. 첫 계명이 '매일 열 편의 시를 쓴다'
였다. 어려운 일은 아니었다. 눈뜨면 시 생각하고 길 걸으며
시 생각하고 바람 불면 시 생각하고 밥을 굶을 때 시 생각을

했다. 강은교의 시집 『풀잎』 첫 페이지부터 마지막 페이지 여백을 하루에 시로 채우기도 했다. 그렇게 써가는 동안 내가 누구인지, 왜 사는지 잊을 수 있어서 좋았다.

□

버드나무를 좋아한다.

버드나무는 하루종일 자신의 그림자를 물위에 드리우고 본다. 일 년 사철 그렇다. 강은 버드나무를 따라 흐른다. 둘은 서로를 안쓰러워하는지 모른다. 버드나무가 긴 팔을 늘어뜨려 강물을 만질 때가 있다. 강은 흐르다 버드나무 팔을 만나면 그 주위에 작은 동그라미를 그린다. 가끔 버드나무 아래 들어가 앉는다. 나무 아래 내가 있는 줄 모르고 불쑥 들어온 참새나 밀화부리가 깜짝 놀라 나간다. 소녀시대 서현이 평양에서 노래를 불렀다.

　　　나무야 시냇가의 푸른 나무야
　　　너 어이 그 머리를 들 줄 모르느냐
　　　뭇 나무 날 보라고 머리를 곤추들 적에
　　　너는야 다소곳이 고개만 수그리네

노래를 듣는 동안 가슴이 설렜다. 참하고 우아했다. 조선백자 생각도 나고 동치미 생각도 나고 초가집 생각도 나고 콩나물 생각도 났다. 머리 들 줄 모르는 것들. 자랑이라곤 해본 적 없다. 일 년 내내 물위에 그림자를 드리울 뿐이지만 허름하지도 누추하지도 않다. 조선의 품격이라 말하고 싶어진다.

ㅂ

우리 좋은 거 지니고 살았는데 어디서 잃어버렸죠?
버드나무는 그렇게 묻는 느낌이다. 버드나무 곁에 앉아 시를 쓴다.

그제 쓴 시를
어제 지웠지요
어제 쓴 시는
오늘 지워요
오늘 쓴 시는
내일 지우겠지요
버드나무는 일 년에 한번 꽃 피워요
아무도 모르게 피었다가 아무도 모르게 지워요
나도 고요히 꽃 필 때 올까요?
아무도 모르게 피었다가

<u>스스로 지며 좋아서 혼자 웃겠지요</u>
「버드나무」

버드나무 곁에 앉아 쓴 시는 버드나무에게 읽어준다. 읽어주곤 곧장 지운다. 버드나무는 나무지만 성자 같다. 언젠가 버드나무를 꼭 닮은 한 편의 시를 쓸 수 있는 날이 올까? 좋아서 혼자 가만히 웃을 수 있을까?

ㅅ

지난여름은 뜨거웠다.

섭씨 40도 가까운 불볕더위가 몰려왔다. 강변의 풍경들이 그림자를 축 늘어뜨렸다. 새소리도 지워지고 지겨운 말매미 울음소리도 들리지 않았다. 버드나무 그늘로 들어갔다. 그곳에서 한 무리의 소금쟁이를 만났다. 소금쟁이들은 버드나무 비치파라솔 아래 놀고 있었다. 시를 쓰고 있었는지 모른다. 소금쟁이의 발은 햇살처럼 가늘다. 가늘고 투명한 발로 물위를 스치며 지나간다. 소금쟁이가 물을 차고 지나갈 때 그뒤에 아주 작은 파문이 인다.

내가 소 치는
아기 목동이었을 때

시냇가 버드나무 아래
소금쟁이 춤을 하염없이 바라보다 해가 지고
어두컴컴한 길을 걸어 집으로 돌아왔죠
먼 친척 고모는 오지 않는 소 걱정을 하다
배고픈 내게 저녁을 주지 않았죠
다음날 다시 시냇가에 소를 묶고
소금쟁이 춤을 하염없이
바라보다 해가 졌죠
소금쟁이 춤을 닮은
춤추는 사람이 되고 싶었죠
「소금쟁이」

○

오늘 단옷날이에요.

강에 보라색 창포 꽃이 피었네요.

옛사람들은 단옷날 창포에 머리를 감았다 하죠. 그러면 일 년 내내 머릿속에 잡생각이 들지 않고 새롭고 신비한 이미지들만 머릿속에 떠돌아다닌다고 믿었죠. 창포 꽃 곁에 앉아요. 창포 꽃은 그냥 지나치며 보는 꽃이 아니에요. 곁에 앉아 수런수런 사랑의 밀어를 나누는 꽃이에요. 초등학교 1학년 시절, 광주 천변 발산이라는 가난한 동네에 살았

지요. 대문을 열고 길을 건너면 바로 광주천이었어요. 천변
에는 빨래터가 있고 빨래를 삶아주는 사람이 있었지요. 커
다란 검정 가마솥에 빨래와 양잿물을 넣고 삶으면 빨래들
이 눈처럼 하얗게 돼요. 삶은 빨래는 강변 조약돌 위에 널
어 말렸죠. 빨래터 건너 넓은 공터에는 국극단이 들어와 공
연을 했지요. 〈이수일과 심순애〉〈춘향전〉이 주 레퍼토리예
요. 스토리를 훤히 알지만 보고 있으면 늘 또 보고 싶어져
요. 공연은 무료예요. 대신 중간중간 약을 팔아요. 변학도
가 춘향에게 수청을 들라 강압하는 장면에서 약을 파는 거
죠. 청중들은 분노하고 야유하지만 다음 장면을 빨리 보고
싶은 누군가는 등창에 바르거나 신경통에 먹는 약을 사게
되는 거죠. 약의 효능을 알 수 없지만 그 약을 먹고 죽었다
는 사람도 없었지요.

그날 천변의 오전은 조용했습니다.
일곱 살 여덟 살 또래의 조무래기들이 모여 놀았지요. 그
중 한 아이가 손가락으로 물 한가운데를 가리켰지요. 물 가
운데 집채만한 바위가 있고 바위 곁에 꽃이 피어 있었습니
다. 보라색 창포 꽃이었지요. 아이와 소꿉놀이를 할 때 아이
가 엄마를 하면 기분이 좋았습니다. 물속으로 썩썩하게 걸
어들어갔습니다. 바위 가장자리를 더듬어가며 꽃 곁으로 다
가갔고 손으로 꽃을 꺾는 순간 물에 빠지고 말았습니다. 키
보다 깊은 물이었지요. 삶은, 인연은 참 신비해요. 어머니가

대문을 열고 나를 찾았고 그 순간 어머니의 눈에 내 모습이
들어왔지요. 내가 물에 빠지는 순간을 본 어머니는 정신없
이 달려와 물속으로 뛰어들었습니다. 물을 많이 먹어 두꺼
비처럼 되었지만 어머니 덕에 살아날 수 있었습니다. 창포
꽃을 보면 어린 시절 천변 풍경이 떠오릅니다. 소꿉놀이 짝
에게 꽃을 꺾어주기 위해 깊은 강물로 들어간 아이를 생각
하면 마음 푸릇푸릇해집니다.

ㅈ

두 노동자가
강으로 소풍을 왔다
오늘이 무슨 날인 줄 알아요?
우리 만난 지 399일 되는 날

자주색 창포 꽃들이
바람 속에 흔들렸다
남자가 돌 위에 창포 잎을 찧었다
꽃보다 잎이 더 곱게 물든단다
누이의 머리를 감겨주던 어린 날
어머니가 한 말을 기억했다
여자는 남자의 무릎 위에 등 대고 누워

남자가 머리를 감겨주는 동안 눈을 감았다
한 시간 6,450원이면 어때?
평생 이곳에서 살 것도 아닌데

푸른 용 두 마리가
나란히 강변 풀밭에 누웠다
햇살이 고슬고슬 떨어지고
지상에서 가장 신비한 꽃향기가 푸른 용의 비늘을 감
싸안았다.
「단오」

두 연인이 강을 따라 걸어오는군요. 남자는 여천공단이
라 쓰인 푸른색 작업복을 입었습니다. 창포 꽃이 핀 바로
옆에 나란히 앉는군요. 손을 잡고 걸어올 때 마음 환해졌는
데 창포 꽃 곁에 앉으니 참 보기 좋았지요. 그 둘을 위해 이
시를 썼습니다. 읽어주지는 못했지요. 열심히 사는 젊은 청
춘을 보면 부끄러워져요. 둘이 앉아 있는 모습, 초승달 곁
에 붙어 있는 샛별 같았지요. 6,450원은 2017년의 최저시급
입니다. 명목상 최저시급이지만 일상의 노동자에겐 실질적
인 최고시급이라는 점에 이 단어의 비극성이 있습니다. 우
리들의 삶 어딘가에 선을 그어놓고 이쪽으로 서세요, 당신
은 최저시급 클래스예요라고 누군가 웃으며 말한다면 신은
자신이 창조한 세계를 부인할 것입니다. 외롭고 힘들고 눈

물 많은 이들을 위해 자신의 마음과 손을 내미는 세상, 인간과 시가 꿈꾸는 기본적인 세상 아니겠는지요. 시를 읽고 음악을 듣고 영화를 보고 세상 이곳저곳 여행을 하고…… 모든 인간이 꿈꾸는 일들이지요. 최저임금 노동자가 이 꿈에서 제외되어야 할 이유가 없습니다. 인간의 세계는 더 따뜻해지고 인간의 시도 더 진보해야 할 필요가 있습니다. 푸른 빛의 비늘을 반짝이며 꿈틀꿈틀 하늘 높은 곳으로 날아오르는 두 마리 용. 시가 노래하는 세상이 사랑과 열정으로 꿈틀거릴 수 있기를!

ㅊ

강을 따라 걷는다.

6월의 바람과 햇살은 밤하늘의 은하수와 같은 싱싱한 에너지로 다가온다. 6월의 바람과 햇살은 지상의 만물에게 에너지를 주는 근원이다. 햇살은 풀과 나뭇잎, 과일의 어린 살에 쏟아지고 바람은 지상의 모든 초록 생명들의 마음을 들뜨게 한다.

프라부다 난다(Probuddha Nanda)는 시인이며 힌두교 성직자다. 그는 모든 사물에 신이 깃들어 있다고 생각한다. 인간 또한 신이 될 수 있다고 믿는다. 라빈드라바반(타고르 단

과대학)의 정원에서 펼쳐진 축제 때 함께 걷던 그에게 물었
다. 무엇이 인간을 신이 되게 하나? 그가 내 얼굴을 보고 한
차례 웃더니 내 수첩 위에 Cosmic Grace라고 써주었다. 이
렇게 명징한 답을 찾을 수 있다니! 인도 사람들 참 신비하
다. 우주적 품위. 개인으로 치면 자아의 고상함 정도가 될
것이다. 고상한 자아를 이루려고 노력하는 이는 세계의 평
화와 아름다움에 기여할 것이다. 타인에게 상처를 주거나
자신의 이익을 위해 누군가의 기회를 약탈하는 일도 하지
않을 것이다. 그가 부자라면 자신의 전 재산을 살아생전 가
난하고 병든 이들을 위해 기부할 것이다. 살아 있을 때 자신
의 재산 모두를 조건 없이 기부한 부자의 미담을 나는 듣지
못했다. 죽기 전에 재산의 절반 이상을 사회에 환원하는 백
만장자의 모임(The Giving Pledge)이 구미에 있지만 전액
은 아니다. '절반 이상'이라는 문구에 인간적인 고뇌와 유치
함이 공존한다. 자아의 고상함을 죽을 때까지 실행한 사람
은 당연히 신이 될 수 있을 것이다.

프라부다 난다가 e-mail을 보내왔다.
Dear my friend, I hope you are well by Cosmic Grace.
　　　　—친구여, 우주적 품위 속에 머물고 있기를!

강을 따라 6월의 바람과 햇살, 새소리가 쏟아진다. 깊게
호흡을 하고 안녕, 인사를 한다. 스무 살 적 하루 86,400초

를 온전히 기억하고 싶었다. 어떤 한 초는 무엇을 사랑하고 어떤 한 초는 무슨 꿈을 꾸고 어떤 한 초는 어떤 영화를 좋아하고 어떤 한 초는 무슨 음악을 좋아하는지, 어떤 한 초가 떠돌아다닌 세상의 저잣거리를 다 느낀 후 내가 사랑하는 시를 쓰고 싶었다. 문득 그때의 시간들이 그립다. 그 한 초 한 초가 쌓이면 Cosmic Grace 아니었을까? 생각하면 쉽다. 신이 되는 길.

ㅋ

살아오는 동안 Cosmic Grace를 느낀 세 편의 시가 있다.
스무 살 적 하루 열 편의 시를 쓰지 못한 밤이면 악몽에 시달리곤 했다. 터널이 하나 있었다. 터널 안은 캄캄했고 끝에 바늘구멍만한 빛이 들어오는 출구가 있었다. 그 출구를 향해 무릎걸음으로 나아간다. 어둠 속에서 악령들이 손과 발을 붙든다. 왜 시를 써? 좋아하는 시는 뭐야? 싫어하는 시는 뭐지? 이상하게도 악령들이 두렵지 않았다. 내가 시 한 줄을 읽어주면 한 걸음을 나가게 해주었지만 밤새 기어도 출구의 바늘구멍 빛까지 갈 수 없었다. 참으로 행복한 시절이었다. 꿈속의 시간까지 온전히 시를 위해 쓸 수 있었으니. 좋아하는 시를 묻는 악령에게 소월의 「엄마야 누나야」를 들려줄 때면 인간으로서 자부심을 느꼈다.

엄마야 누나야 강변 살자
뜰에는 반짝이는 금모래 빛
뒷문 밖에는 갈잎의 노래
엄마야 누나야 강변 살자

　초등학교 6학년 때였다. 펌프 샘 주위로 일곱 개의 방이
ㄷ자로 모여 있는 집에 살았다. 일곱 가족이 각각 방 하나
씩을 지니고 살았다. 누구 집에서 저녁을 먹는지 굶는지 훤
히 알 수 있었다. 바로 내 옆방에 사는 아저씨가 헌책방을
했다. 인생이라는 거미줄에 걸린 노란 단풍잎 하나. 그 시
절 생각을 하면 내가 노란 단풍잎 같다. 일주일에 한번 아
저씨는 서울로 책을 사러 갔다. 아저씨가 가게를 비우게 되
면 내가 그 가게를 보았다. 무슨 생각으로 어린 내게 가게를
맡겼는지 알 수 없다. 아저씨의 가게를 대신 봐주는 것이 싫
지 않았다. 거기 쌓인 헌책들 속에서 시집을 읽는 것이 좋았
다. '시몬, 너는 아느냐 낙엽 밟는 소리를' 이렇게 시작되는
시가 좋았고 '삶이 그대를 속일지라도 슬퍼하거나 노여워하
지 말라'라는 시도 좋았다. 그중에서 제일 좋은 시가 「엄마
야 누나야」였다.
　내겐 얼굴을 모르는 누나들 몇이 있다. 내가 소 치는 아기
목동을 할 때 먼 친척 고모는 자주 매를 때렸다. 울음소리가
아랫마을까지 흘러갔다. 다음날 소를 몰고 아랫마을을 지나

가면 누나들이 내 손에 따뜻한 고구마를 쥐여주었다. 어제 많이 아팠지? 그 누나들 지금 어디서 무얼 하는지. '엄마야 누나야'를 가만히 중얼거리고 있으면 어린 아들을 꼴머슴으로 보내고 한없이 마음 아팠을 엄마와 착한 누나들 생각이 난다. 갈잎들이 부르는 신비한 노래 소리도 절로 떠오른다. 엄마랑 누나랑 갈대랑 금모래랑 함께 강변에 모여 사는 환영. 이 환영은 그 시절의 내게 최고의 꿈이었고 지금의 내게도 지선(至善)의 아름다움이다. 고통 외에는 아무것도 없었던 스무 살 시절, 「엄마야 누나야」가 펼쳐낸 강변 풍경은 내게 삶에 대한 아늑한 향수를 불러일으켰다. 시가 뭐야?라고 묻는 악령에게 대답했다. 엄마와 누나와 함께 금모래 반짝이는 강변에서 사는 것. 무슨 느낌인데? 눈보라 날리는 날 당신이 배고픈 내 손에 따뜻한 고구마를 안겨줬지. 바로 그 느낌. 시의 신이 세상의 시를 다 지우고 단 한 편을 남긴다면 「엄마야 누나야」를 남길 것이다.

E

고등학교 1학년 가을날 윤동주의 시를 만났다. 내가 다닌 고등학교의 도서관은 개가식이었다. 보고 싶은 책을 마음대로 꺼내 읽고 그 자리에 다시 꽂아두면 되는 식이었다. 어느 날 책장 맨 하단 뒤에 먼지 쌓인 책 한 권이 떨어져 있는 것을 보았다. 어깨를 밀어넣어 꺼내놓고 보니 『하늘과 바람과 별과 시』 초간본이었다. 그 무렵 시 쓰는 내 친구들에게는 고본에 대한 개념이 있었다. 광주 계림동의 헌책방에서 등록금으로 세계 문학 전집을 산 친구도 있었다. 1946년 정음사. 간기를 보며 가슴이 쿵쿵 뛰었다. 어떻게 하지? 망설이고 망설인 끝에 교복 안쪽에 시집을 넣어가지고 나왔다. 사서 선생님 책상 앞을 지날 때 등에 땀이 흘렀다. 그날 저녁 동무들에게 시집을 보여주었다. 어디서 났느냐는 질문에 계림동 헌책방에서 구했다고 말했다. 한 친구가 예리하게 지적했다. 이런 책은 아주 비싼데 너 어디서 훔쳤어? 뭐라 답했는지 기억에 없다. 밤새 악몽에 시달렸다. 경찰들이 집을 에워싸고 마이크로 도적은 나와라, 빨리 시집을 들고 자수하라, 하고 소리쳤다. 밤새 시달린 다음날 교복 안에 시집을 넣고 도서관에 들어가 어제 책이 떨어진 책꽂이 하단에 시집을 꽂아두었다. 아쉬웠지만 마음은 시원했다. 사흘 동안 책꽂이에 꽂혀 있는 시집을 보고 돌아왔다. 나흘째 되던 날 시집이 보이지 않았다. 그뒤에도 시집을 다시 보지 못했다.

계절이 지나가는 하늘에는
가을로 가득차 있습니다.

나는 아무 걱정도 없이
가을 속의 별들을 다 헤일 듯합니다.

가슴속에 하나둘 새겨지는 별을
이제 다 못 헤는 것은
쉬이 아침이 오는 까닭이요,
내일 밤이 남은 까닭이요,
아직 나의 청춘이 다하지 않은 까닭입니다.

별 하나에 추억과
별 하나에 사랑과
별 하나에 쓸쓸함과
별 하나에 동경과
별 하나에 시와
별 하나에 어머니, 어머니,

어머님, 나는 별 하나에 아름다운 말 한마디씩 불러봅니
다. 소학교 때 책상을 같이 했던 아이들의 이름과, 패, 경,
옥, 이런 이국 소녀들의 이름과 벌써 애기 어머니 된 계집
애들의 이름과, 가난한 이웃 사람들의 이름과, 비둘기, 강
아지, 토끼, 노새, 노루, '프랑시스 잠' '라이너 마리아 릴
케' 이런 시인의 이름을 불러봅니다.

이네들은 너무나 멀리 있습니다.
별이 아슬히 멀 듯이.

어머님,
그리고 당신은 멀리 북간도에 계십니다.

나는 무엇인지 그리워
이 많은 별빛이 나린 언덕 위에
내 이름자를 써보고,
흙으로 덮어버렸습니다.

딴은 밤을 새워 우는 벌레는
부끄러운 이름을 슬퍼하는 까닭입니다.

그러나 겨울이 지나고 나의 별에도 봄이 오면
무덤 위에 파란 잔디가 피어나듯이
내 이름자 묻힌 언덕 위에도
자랑처럼 풀이 무성할 게외다.
「별 헤는 밤」

　가을밤 촛불을 켜고 이 시 필사를 하며 울었다. 몇 번이나
필사를 했는지 모른다. 나이 스물을 갓 넘긴 젊은 영혼이 밤
하늘을 보며 별을 헤는 모습이 절로 떠올랐다. 간도에서 경
성까지 다시 동경까지. 나라 없이 떠도는 영혼이 감당해야
할 고통의 냄새들이 스멀스멀 느껴졌다. 모국어는 아름다움

의 외연이며 숨길 수 없는 고통의 심연이다. 비단보다 부드럽고 은하수의 숨결보다 신비한 모국어로 세계의 꿈을 펼쳐내는 것. 식민지 청년 동주에게 시의 혁명은 이렇게 찾아왔다. 그의 몸과 영혼에 스민 떠돌이 이방인의 체취가 오래오래 안쓰러웠다. 5공화국 시절 내 곁의 친구 몇은 시 쓰다 감옥에도 가고 끌려가 고문을 당하기도 했다. 동주와는 달랐다. 나라가 있었고 모국어도 존재했다. 박해를 당할지라도 싸울 자유가 있었다. 동주는 실험용 마루타가 되어 이국의 감옥에서 고통 속에 숨을 거두었다. 그 어떤 극한 상황에서도 시인은 모국어의 아름다움을 노래할 수 있어야 한다. 시인에게 모국어는 밥이고 사랑이고 청춘이며 꿈이다.

ㅍ

강이 조금씩 얼기 시작하다.

네 마리의 청둥오리들이 식사를 하다.

부리를 물속에 박고 두 발을 하늘로 향하다.

싱크로나이즈드 스위밍을 보는 것 같다.

아기 오리도 세 마리 보다.

강이 얼면 어쩌지? 예전엔 새들 걱정을 했지만 지금은 하지 않는다.

마음 착한 순천 사람들 강 주변 논이나 갈대밭에 볍씨를

뿌려준다.

　C와 통화를 하다. 나와 그는 같은 고등학교에 다녔고 같은 교실에서 시를 썼다. 꽃과 나무 박사인 그는 최근 새에 빠져 지낸다. 뭐하니? '가슴이 뛴다'라는 답이 온다. 무슨 일 있어? '탐조여행 왔는데 지금 내 눈앞에 먹황새들이 있어. 우리나라에 여섯 마리밖에 오지 않은 새야.' 쿵쿵 뛰는 그의 심장박동 소리가 느껴진다. 가슴이 뛰는 일을 만나는 것, 살면서 그보다 행복한 일은 없을 것이다.

　ㅎ

　「별 헤는 밤」의 필사에 몰입하던 무렵 지용의 「향수」를 읽었지요. 가슴이 뛰었습니다. 지상에 이런 시가 있다니. 아름답고 따뜻했습니다. 「별 헤는 밤」을 읽을 적엔 가슴이 아팠지요. 모국어의 순결한 표피를 뚫고 마음의 이슬방울들이 스미어나온 것이 「별 헤는 밤」이라면 「향수」는 한없이 따뜻하고 아늑한 햇살과 이야기들로 그 이슬방울들을 말리고 있다는 생각이 들었습니다. 1935년 지용은 시문학사에서 첫 시집을 냅니다. 제목은 『정지용 시집』이었습니다. 1992년 가을날 구례구 역에서 수염 허연 한 노인으로부터 이 시집을 구입했지요. 시집을 보며 가끔 생각합니다. 지용은 왜 시집

제목을 '향수'로 하지 않고 자신의 이름으로 하였을까. 시문학사의 주간인 박용철은 발문에 이렇게 적었습니다. "천재있는 시인이 자신이 쓴 작품들을 한번 지나간 길이요, 넘어간 책장같이 여겨 애써 모아두지도 않고 물위에 떨어진 꽃잎인 듯 두고자 한다면 그 또한 그럴 듯한 심원(心願)이리라. 그러나 범상한 독자란 인색한 사람 구슬 갈듯 하려 하고 영원한 꽃병에 새겨 머물러짐을 바라기까지 한다." 지용이 자신의 시집 내는 것을 그리 탐탐치 않게 여겼음을 짐작하게 해주는 글입니다. 그래서 그냥 '정지용 시집'이라 제목을 단 것이지요. 지용은 1941년 두번째 시집에 '백록담'이라는 이름을 붙입니다. 혹 식민 치하에서 자신의 시집 내는 것을 부끄럽게 여긴 것은 아닐는지요.

넓은 벌 동쪽 끝으로
옛이야기 지줄대는 실개천이 휘돌아나가고,
얼룩백이 황소가
해설피 금빛 게으른 울음을 우는 곳,

넓은 벌의 동쪽 끝. 실개천 흐르는 마을에 옛이야기들이 모여 살지요. 따스하고 평화로웠던 조선의 마을들입니다. 마을의 집 하나하나는 이야기의 바다입니다. 슬프고 그립고 아름답고 쓸쓸한 이야기들. 얼룩백이 황소의 얼룩은 아픈 조선역사의 은유입니다. 마음이 너무 아픈 황소는 누런

살가죽에 얼룩을 지니게 되었지요. 황소 울음의 빛을 보세요. 금빛, 태양의 빛입니다. 아침이면 꼬박꼬박 햇살을 뿌리며 조선의 마을들을 찾아오지요.

　전설바다에 춤추는 밤물결 같은
　검은 귀밑머리 날리는 어린 누이와
　아무렇지도 않고 예쁠 것도 없는
　사철 발 벗은 아내가
　따가운 햇살을 등에 지고 이삭 줍던 곳,

　왜 지용을 시인들의 시인이라 부르는지 느껴지는지요. 어린 누이의 귀밑머리를 전설바다에 춤추는 밤물결 같다고 표현한 직유의 아름다움이라니요. 아무렇지도 않고 예쁠 것도 없는 사철 발 벗은 아내. 세상의 모든 시인들이 쓴 아내의 아름다움에 대한 시구들 중 이보다 서럽고 아름다운 시구를 찾기란 쉽지 않을 것입니다.

　하늘에는 성근 별
　알 수도 없는 모래성으로 발을 옮기고,
　서리 까마귀 우지짖고 지나가는 초라한 지붕,
　흐릿한 불빛에 돌아앉아 도란도란거리는 곳,

　—그곳이 차마 꿈엔들 잊힐 리야.

144

흐릿한 호롱불 밝힌 초라한 지붕 아래 도란도란거리는 목소리들. 이 목소리들이야말로 조선의 영원성의 상징 아니겠는지요. 어찌 그곳이 차마 꿈엔들 잊힐 수 있겠는지요. 당신에게 꿈에도 잊히지 않는 기억은 무엇인지요. 이 기억이야말로 시가 찾아가야 할 영원한 본향 같은 것입니다. 눈보라와 비바람을 뚫고 무릎걸음으로 걸어서라도 끝내 찾아야 할 이상향의 이름이지요. 시가 지녀야 하는 궁극의 아름다움. 내게 「별 헤는 밤」과 「향수」를 필사하던 아름다운 시절이 있었습니다. 촉촉이 눈을 적시며 언젠가 나도 이들을 닮은 시 한 편 쓸 수 있지 않을까 하는 생각을 마음에 담았지요. 내 인생의 한 자랑입니다. 이제 시를 시작하려는 어린 벗들이여, 지용의 「향수」와 동주의 「별 헤는 밤」을 오래오래 필사하세요. 별을 보며 촛불 아래서 필사하세요. 우리 시의 아름다운 파문이 마음을 적실 때 당신의 시를 쓰기 시작하세요.

ㅏ

미르에 앉는다.

미르는 내게 도서관이며 영화관이다. 연주 홀, 갤러리, 천문대이기도 하다. 미르 위에서 내가 제일 좋아하는 일은 물

고기들을 보는 일이다. 그는 유선형의 아름다운 몸을 자유
롭게 흔들며 햇살과 수초 사이를 헤엄친다. 하루종일 물고
기들을 보고 있어도 그들의 식사 시간이 언제인지 알 수 없
다. 아가미 사이 물의 들고 남이 희미하게 보일 뿐이다. 물
이 그들의 밥이라니. 미르에 앉아 물고기들에게 얼음 커피
를 준다. 내가 좋아하는 거야. 시를 쓸 때도 시를 읽을 때도
좋지. 새끼손가락보다 작은 물고기들 중 호기심을 보이는
녀석들이 있다. 밥을 먹지 않고서도 시를 쓸 수 있다면……
생각했던 시절이 있었다. 이틀 사흘을 굶고 시를 쓰면 내장
이 훤히 보이는 시를 쓸 수 있지 않을까.

ㅑ

　평생 강물의 노래를 들었으나
　자신의 노래를 부른 적 없는 이가 눈보라를 맞는다
　피아노의 검은 건반이 하얀 눈보라 속에 묻힌다
　「징검다리」

　미르의 다른 이름은 징검다리다. 그는 내게 연민을 준다.
지난 18년 동안 그는 한자리에 앉아 강물의 노래 소리를 들
어주었다. 사람들이 강을 건널 수 있게 허리를 내주었다. 평
생 누군가의 노래를 들어주는 삶. 미르를 생각하면 내가 쓴

시는 시가 아닐 것이다. 단 하루도 누군가의 한숨 섞인 노래를 들어주지 못할 터이니. 눈보라가 몰아치는 날 미르에 앉은 적 있다. 눈보라가 미르를 따뜻이 덮어주는데 참 좋았다. 눈 속에서도 미르는 강의 노래를 들을 것이다. 시란 그러한 것. 미르에 앉으면 이 사랑스러운 징검다리가 용이 되어 하늘로 날아오르는 것을 느낀다. 그때 말한다. 미리내로 가자.

ㅓ

미리내는 미르의 누이 징검다리다.

미르에서 남쪽으로 천 이백 걸음쯤 떨어진 거리. 미리내에 이르면 징검돌 하나를 건널 때마다 사랑해, 라고 인사를 한다. 미리내를 건너기 위해선 사랑해라고 마흔세 번 인사를 해야 한다. 인사를 하는 이유가 있다. 미리내의 징검돌 크기는 보통 크기의 고인돌만하다. 미리내의 징검돌 위에는 새들의 하얀 분비물이 쏟아져 있다. 잭슨 폴록의 추상화를 보는 것 같다. MOMA에서 잭슨 폴록의 그림을 처음 보았을 때 생각이 난다. 그의 추상화 속에서 현대미술이 꿈꾸는 인간의 세계를 느낄 수 있었다. 품격이 있었고 연민과 사랑의 숨결이 느껴졌다. 박수근의 점화를 대할 때 느꼈던 포근하고 그리운 세계의 향기가 느껴졌던 것이다. 돈이 있다면 그의 그림을 사고 싶었다. 가진 것 없는 내가 표할 수 있는 유

일한 경의. 그것은 사랑해, 라고 말하는 것이었다.

ㅕ

　　물새들은 강물에 똥을 싸지 않는다
　　강물 속 어딘가 사랑하는 이가 저녁을 지어놓고
　　기다리고 있다 생각하기 때문이다
　　「그리움」

　미르가 용과 꿈의 이미지라면 미리내는 사랑과 관용의 이미지다. 평생 강의 노래를 들어주는 것만으로 부족해 새들의 분비물을 다 받아준다. 분비물은 손바닥 크기보다 넓은 것도 있다. 분비물은 이곳에 내가 살아요, 의 표식이다. 이게 나예요, 의 상징일 수도 있다. 미리내는 그 넉넉한 품으로 강변 물새들의 똥을 감싸안아준다. 「엄마야 누나야」 속 누나의 이미지가 들어 있는 것이다. 내가 미리내를 건널 때마다 사랑해라고 인사하는 또하나의 이유다.

ㅗ

　미리내의 새똥을 보며 백석 생각을 한다.

백석의 시에서는 새똥 냄새가 난다. 산새 똥 냄새도 나고 물새 똥 냄새도 난다. 한국의 산과 강을 자유롭게 날아다니는 새. 새는 자신이 지닌 제일 못난 것으로 자신의 존재를 이야기한다. 난 정말 못생겼어요, 라고 웃으며 말하는데 그 모습이 한없이 사랑스러운 것이다. 백석의 시와 잭슨 폴록의 추상화가 닮았다고 말하면 미쳤다고 할지 모른다. 둘은 거의 동시대에 작품활동을 했다. 한 사람은, 알 수 없지만 도달할 수 있을 것 같은 인간의 꿈을 노래했고 한 사람은, 조선의 깊고 깊은 산속에 핀 약초 꽃과 그 향기를 노래했다. 조선인도 알기 힘든 고향의 언어로 이게 내 시예요, 라고 이야기한 시인의 모습에서 자유를 느낀다. 전 세계의 어떤 번역자도 백석의 시를 번역할 생각은 하지 못할 것이다. 나는 가끔 백석이 이 생각을 하고 시를 쓴 것은 아닐까 생각한다. 번역을 할 수 없으므로 백석의 시는 도저한 조선의 시, 조선의 꽃냄새로 남게 되었다.

ㅛ

붉은머리오목눈이가 미리내를 건너는 것을 보았다. 종종종. 나보다 두 개 앞선 징검돌 위에서였다. 사랑해, 라고 인사했을 때 이이가 뒤돌아 나를 보았다. 작은 목소리로 휘리릭 소리 냈는데 나는 이 소리가 사랑해, 일 거라고 생각했다. 그이의 목소리 때문에 기분이 좋아졌다. 나와 그이는 두 개의 징검돌을 사이에 두고 걸었는데 맨 끝의 징검돌 앞에서 폴짝 날더니 바로 앞 풀덤불 속으로 들어가는 것이었다. 그이가 풀 틈 사이로 빼꼼 나를 보았다. 혹 초청하는 것은 아닌지 하는 생각이 들었다. 초청한다고 해도 내가 이이의 집에 들어설 방도가 없을 것이다. 매일 새의 집앞에 멈춰서 사랑해라고 말한다.

ㅜ

비 그친 어느 날 한 손에 신발을 들고 맨발로 물에 잠긴 미리내를 건너오는 아가씨를 보았다.

망설이다가 '안녕하세요' 인사를 했다. 환하게 웃으며 지나간다. 이 징검다리 이름 아세요? 미리내예요.

다른 나라를 여행할 때 처음 익히는 두 말이 있다. '포도'와 '아름다워요 아가씨'이다. 포도는 내가 제일 좋아하는 과일이다. 포도가 많이 나는 지역을 여행할 때면 포도를 입에 물고 다닌다. 포도가 시인 것이다. 그러다가 앞에서 아가씨가 오면 '아름다워요 아가씨!'라고 현지어로 말한다. 내가 이렇게 말했을 때 환하게 웃지 않는 이가 없었다. 못생기고 키 작은 동양 남자가 웃으며 말하는 모습이 재미있었을 것이다.

포도가 많이 나는 곳은 중앙아시아의 트루판이다. 트루판은 사막지대인지라 물이 없다. 천산산맥에서 흘러내린 만년설의 물을 땅밑으로 판 수로를 통해 흐르게 한다. 하늘에서는 햇볕이 쏟아지고 땅 아래로 천산의 물이 흐르니 포도의 과육이 싱싱하고 달지 않을 수 없다. 어느 해 내가 그곳 시냇가에서 '아름다워요 아가씨!' 하고 진심 어린 인사를 했는데 한 아가씨는 내게 윙크를 했다. 포도가 익어가고 흰 구름이 시냇물 위에 떠 있고 아가씨들이 맨발로 찰방찰방 걸으며 웃는 시. 그런 시를 쓴다면 미리내가 좋아할 것이다.

ㅠ

강에는 멀구슬나무가 산다.

미르 쪽에 한 그루, 미리내 쪽에 네 그루.

멀구슬나무는 내가 아는 나무 중 가장 신비한 나무다. 벚꽃들이 강둑을 환하게 물들여도 이 나무에는 이파리가 돋아날 조짐이 없다. 라일락 꽃이 피고 질 때도 그냥 겨울나무다. 4월 하순이 되어도 나뭇가지는 빈 가지 그대로다. 올해 메이데이에 나무 아래 섰을 때 비로소 녹두알보다 작은 몽우리들이 가지 끝에 매달리는 것을 보았다. 5월 중순이 되면 앵두나무의 앵두들이 붉게 익기 시작한다. 참새와 밀화부리

들이 날아와 앵두를 따먹고 씨를 뱉는다. 귀엽다. 봄새들의
목소리가 싱싱한 것은 앵두를 많이 따먹었기 때문이다. 이
때쯤 멀구슬나무는 조금씩 잎이 피기 시작하고 어린 잎 뒤
에 동글동글한 꽃망울들이 자리잡는다. 그러다 5월 하순이
되면 꽃망울들이 한순간 보라색의 꽃부채를 펼쳐든다. 신비
하다. 멀구슬나무 꽃이 피면 세상이 환해진다.

저 보라색 꽃나무 보세요.
멀구슬나무예요 사랑스럽지요?

꽃 핀 멀구슬나무에 새들은 앉지 않는다. 이유를 알 수 없
다. 버드나무에 앉은 새들에게 말해보지만 소용이 없다. 꽃
이 지면 나무에는 초록색의 완두콩만한 열매들이 열린다.
열매는 시고 떫다. 여름이면 소풍 나온 유치원 조무래기들
이 열매를 주워 던지고 논다. 가을이 되면 열매는 천천히 금
빛으로 익는다. 익은 열매의 맛은 푸석하고 덤덤하다.
겨울이 깊어지고 하얀 눈이 세상을 덮을 때 비로소 새들이
나무를 찾아온다. 나무에는 버찌 같기도 하고 포도송이 같
기도 한 멀구슬나무 열매들이 주렁주렁 매달려 있다. 천지
사방이 눈에 덮여 먹을 것이라곤 아무것도 찾을 수 없을 때
새들이 나무를 찾아와 열매를 먹는 것이다. 가장 늦게 잎이
나고 가장 늦게 꽃이 피고 가장 맛없는 열매를 맺었으나 그
열매는 궁핍한 새들의 내장을 채워주고 혹독한 추위를 이겨

내는 원기를 준다. 내내 쓸쓸했으나 단 한순간 새들이 찾아
오는 시기를 기다려온 나무의 영혼을 생각하면 마음이 아프
면서도 따뜻해진다.

—

물고기들의 춤을 본다
자유롭다
사랑해라고 말한다
물봉선 꽃잎 하나를 물고 오는 어린 물고기가 있다
나는 물고기의 꿈을 모른다
지느러미를 달고 물속으로 들어가
헤엄칠 수 있다면 알 수 있을까
23,725일 동안 바람 속을 걸었다
인간의 꿈은 무엇이지? 물고기에게 묻는다
물고기는 비늘이 있다 햇빛을 받으면 빛난다
열일곱 살 이후 내게 시가 있었다
물고기들처럼 자유롭게 헤엄칠 수 없는
내가 지닌 비늘의 이름이다

강을 따라 걷는다
꽃을 보고 별을 보고
새소리를 듣고
물고기들과 안녕, 인사 나누고
착하디착한 내 징검다리
미르와 미리내에게
사랑해, 라고 말할 수 있으니
이번 생은 충분히 감사하다

강에서 만난 모든 풍경들이
아름답고 신비한 푸른 용의 이미지로 다가왔다
ㄱ부터 ㅣ까지 내 모국어의 자모들에게도 사랑해, 라고
적는다
당신은 내 푸른 용의 반짝이는 비늘이었다
그 비늘들 위에 시를 쓰는 동안 당신도 나도 참 좋았다
당신이 있어서 내 부끄러움은 지속될 것이다
인간에 대한 믿음 또한

곽재구 1981년 중앙일보 신춘문예를 통해 등단했다. 시집 『사평역에서』『전장포 아리랑』『한국의 연인들』『서울 세노야』『참 맑은 물살』『꽃보다 먼저 마음을 주었네』『와온 바다』 등이 있다. 신동엽창작기금, 동서문학상, 대한민국문화예술상 등을 수상했다. 현재 순천대학교 문예창작과에서 시를 가르치고 있다.

문학동네시인선 117
푸른 용과 강과 착한 물고기들의 노래
ⓒ 곽재구 2019

1판 1쇄 2019년 1월 25일
1판 5쇄 2024년 9월 30일

지은이 | 곽재구
책임편집 | 김민정
편집 | 김필균 유성원
디자인 | 수류산방(樹流山房) 본문 디자인 | 유현아
저작권 | 박지영 형소진 최은진 오서영
마케팅 | 정민호 서지화 한민아 이민경 왕지경 정경주 김수인 김혜원 김하연
        김예진
브랜딩 | 함유지 함근아 박민재 김희숙 이송이 박다솔 조다현 정승민 배진성
제작 | 강신은 김동욱 이순호
제작처 | 영신사

펴낸곳 | (주)문학동네
펴낸이 | 김소영
출판등록 | 1993년 10월 22일 제2003-000045호
주소 | 10881 경기도 파주시 회동길 210
전자우편 | editor@munhak.com
대표전화 | 031) 955-8888 팩스 | 031) 955-8855
문의전화 | 031) 955-2696(마케팅), 031) 955-8865(편집)
문학동네카페 | http://cafe.naver.com/mhdn
인스타그램 | @munhakdongne 트위터 | @munhakdongne
북클럽문학동네 | http://bookclubmunhak.com

ISBN 978-89-546-5473-9 03810

www.munhak.com

문학동네